中国专业作家小说典藏文库

中国专业作家小说典藏文库

吴玄卷

谁的身体

吴 玄 ◎ 著

中国文史出版社

目录

谁的身体

一

　　过客显然是一个成熟的网虫，在他看来，网络是一个比梦更遥远的地方，大概它就是天堂，起码它离天堂比较近，或许就十公里，相当于从中关村到西直门，乘公共汽车一小时内便可到达。所以当一条浮在空中的鱼想从杭州赶来，与他见面，过客谢绝了。

　　过客说，我们这样待在网上，不是已经很好？见面就免了吧。

　　一条浮在空中的鱼说，不能免，我想见你。

　　过客说，还是免了吧。

　　一条浮在空中的鱼说，你不想见我？

　　过客说，我？你说的我，究竟指什么？

　　一条浮在空中的鱼说，不要咬文嚼字好吗？我就是我，我想见你，我爱你。

　　过客说，我也爱你，可是我是谁？我是过客，过客是谁？

过客是两个汉字。我就是两个汉字，我应该仰着脸对同样是汉字的一条浮在空中的鱼说，我爱你。

一条浮在空中的鱼说，你是谁？你是神经病。

也不见得过客就是神经病，也许过客是有道理的。哲学家们早就把人分成了两部分——肉体和灵魂，并且根据这种逻辑，人类又制造出了电脑，也分成两部分：硬件和软件。以前，过客对这种分法不甚了了。但电脑的诞生反过来强有力地证明了哲学家们是对的，是伟大的，人是分成肉体和灵魂两部分的。过客关了那个叫 OICQ 的聊天工具，低头看了看自己的身体，他看见的是自己的下半身，一条浮在空中的鱼想见的就是这具身体吧。可是过客对自己的身体越来越迟钝，甚至相当陌生了。上卫生间小便的时候，过客握着自己的阳具，听着尿流冲进抽水马桶的哗哗声响，突然想起了诗人一指。这位名字也像阳具的诗人，正在竭力倡导下半身写作，一指说，所谓下半身写作，就是肉体的在场感，注意，甚至是肉体而不是身体，是下半身而不是整个身体。过客觉着一指说得很好，这样撒尿离写诗也就相去无几了。过客这样想着，就比撒尿更响地笑起来。

你笑什么呢？李小妮在她自己的房间里问。

过客说，没笑什么。我在镜子里看见了自己，觉得很好笑。

真是神经病，你把我吵醒了。

李小妮的责备确实是带着睡意的，过客说，对不起。

4

过客刚才说了谎，他是被自己的谎言提醒，才转身照一照镜子的。他看见了他的上半身，上半身有头有脸，这个人其实叫傅生，过客只是他的网名，或者说是他灵魂的称呼。傅生看着镜子里的自己，看了好一会儿，直至感到厌恶为止。

　　傅生在中关村的一家网站当程序员，这是时下最热门的职业之一，月薪八千元，在北京也是高薪阶层了。他应该是个成功人士，不知道为什么把自己叫作过客，大约是读过鲁迅的《过客》吧。那位鲁迅似的，三四十岁，状态困顿倔强，眼光阴沉，黑须，乱发，黑色短衣裤皆破碎，赤足着破鞋，胁下挂一个口袋，支着等身的竹杖。这过客其实跟傅生毫无关系，傅生远不是这般沧桑、深刻，深刻得像乞丐似的。傅生是一位令人尊敬的白领，虽然那白领因为长时间不洗，从脖子后面镶了一道黑边，不是百分之百的白领了，但那道黑边也只是说明他脏，并不能取消他白领的资格。镶了黑边的白领下面是西装和革履，上面是脖子撑的一颗大脑袋。那脑袋长得很是幼稚，就像一颗婴儿的脑袋，刚刚从子宫里艰难地钻出来，脸以及额头都呈血红色，还皱巴巴的，头发也像婴儿的胎毛，稀稀的，脑门上尚且空着，而且表情也像婴儿，眼睛总是眯着的，似乎一点儿也不习惯子宫外面的世界的光亮。傅生一直不喜欢自家的这副尊容，由此也讨厌可以照见自己的镜子。如果身体不是生来如此，而是可以随便更换，他早换一副别样的了，比如过客那样。其实，他的样子还是蛮有意思的，甚至是可爱的，尤其是他笑起来的时候，十分可爱，皱巴巴的脸上就像婴儿一样天真无邪又不知所以。与他同住一屋的李小妮就很喜欢他的这副傻样，不止一次当着傅生的面恭维：你的脑袋好玩，抱着这样的一个脑袋就像抱着一个大头娃娃，肯定很好玩的。尽管是玩笑，但李小妮的意思还是明白的。

等傅生从卫生间出来，李小妮又说，你把我吵醒了，你这个傻瓜。

李小妮把"傻瓜"这个词含在喉咙里，睡意蒙眬地吐出来，听起来就很有点意味，傅生只得在他房门口停了一会儿，准备说点儿什么，但结果什么也没说，就回自己的房间了。

傅生本来和一指合住一屋，是租的，两居室，月租两千元，就在圆明园对面，上班很近。一个月前，一指说，我的房间要让给一位女士住，你没意见吧。傅生说，没意见，当然没意见，不是你女朋友吧。一指含糊说，不能说是，也不能说不是。然后李小妮就搬来了。李小妮搬家的过程是在傅生上班时完成的，傅生回来，一指房里住的已经是李小妮了。李小妮非常自然，见了傅生，笑眯眯说，你好，你就是一指说的傅生吧。傅生说是。李小妮说，以后就我和你同住一屋了。傅生说好。李小妮又多看了几眼傅生，随后笑眯眯地将目光集中在傅生的脑袋上，傅生被看得不自在，说，笑什么呀？李小妮干脆就弯了腰笑将起来。傅生又说，笑什么呀？李小妮歇了气，说，对不起，我想起一件好玩的事情，就忍不住笑了。傅生想，她刚才看的是我的脑袋，我的脑袋还能使她想起什么好玩的事情？后来他才知道李小妮笑其实就是因为他的脑袋好玩。

傅生觉着这个李小妮真有意思，也陪她笑了一下。

傅生说，一指呢？一指搬哪儿去了？

李小妮说，我也不知道。

傅生说，他没帮你搬家？

李小妮说，帮了，搬完就走了。

傅生说，你们是诗友吗？

李小妮说，诗友？不是。

傅生说，一指写诗，我以为你们是诗友。

李小妮又坚定地说，不是。

傅生就不问了。回房关了房门，平时他是连门也懒得关的，现在他把房门关上了，显然他意识到了李小妮的存在，他是和一位叫李小妮的女人同居一屋了，这个女人，他还不知道跟她如何相处。有点恍惚，有点莫名其妙，但也有点兴奋，毕竟李小妮是个女人，而且又那么陌生。傅生突然觉得房间变大了，充满了他和李小妮的各种可能性。这感觉是一种傅生喜欢的感觉，便上网找一条浮在空中的鱼说一说，不对，说一说的应该是过客了。

过客说，告诉你一个好消息，我和一个女人同居一屋了。

一条浮在空中的鱼说，你干吗告诉我这种消息，开玩笑的吧。

过客说，不开玩笑，我真的跟一个女人同居一屋了。

一条浮在空中的鱼说，情人？

过客说，不是，一个陌生人。

7

一条浮在空中的鱼说，莫名其妙。

过客说，对了，那感觉就是莫名其妙。

一条浮在空中的鱼说，真的是陌生人？

过客说，也不能说完全陌生，我已经知道她叫什么名字了。

一条浮在空中的鱼说，有意思。

过客说，对了，跟一个我只知道名字的女人同居一室，其余我又一无所知，多有意思啊。

一条浮在空中的鱼似乎感到了陌生女人的威胁，说，她长得漂亮吗？

过客说，还行吧。

一条浮在空中的鱼说，你说具体点儿。

过客想了想，才发现这是个难题，原来一个女人是很难说的。他大学读的是计算数学，他只能向一条浮在空中的鱼提供一组数字：该陌生女人年龄约 23 岁，身高约 1.62 米，体重约 50 公斤，五官端正，没明显缺陷，乳房挺大，但具体有多大，没有量过，臀部尚未仔细观察，不详。

一条浮在空中的鱼说，你一定盯着人家屁股仔细观察过，不好意思说吧。

过客说，没看过，真没看过，那有什么好看的，那不过是个拉屎的地方。

虽说没什么可看，但既然同居一屋，你想不看人家的屁股也是不可能的。当晚，傅生就在客厅里看见李小妮的屁股了。

8

李小妮趴在长沙发上看电视，屁股微微弓着，成了最引人注目的部位。好像她看电视不是用脑袋，而是用屁股看的。李小妮又翘了一下屁股，说，你躲房间里干吗？傅生说，上网。可以跟你商量一件事吗？李小妮说着坐正了身子，不等傅生回答，又接着说，能不能帮我在卫生间里装面镜子。傅生说，你上卫生间也照镜子？李小妮说，嘻，原来你很幽默。傅生说，我本来就幽默。李小妮说，你们都不照镜子？房间里连一面镜子也没有。傅生说，我们照镜子干吗？李小妮说，我带了镜子，帮我装上吧。

其实，男人比女人更喜欢照镜子。卫生间装了镜子后，傅生上卫生间就多了一件事：照镜子。只是他不像女人，没有任何实用目的。他是对着镜子凝视，直至发呆，那是全神贯注的自我关注吧。好像他要看的不是自己的形象，而是灵魂。据说动物从不照镜子，猩猩们在镜子里看见自己，便很厌恶地离开。人所以比动物高明，原因大约就是人喜欢照镜子吧。傅生从不照镜子到对着镜子发呆，这说明他迅速从动物进化成了人。可惜他照完镜子又把照镜子的事忘了，还以为照镜子是女人的事，他是不喜欢照镜子的。

再说那镜子装好之后，李小妮像一辈子都没照过镜子似的，立即提了化妆袋，上卫生间左顾右盼，对着自己的脸涂涂改改起来，似乎原来的那张脸是副赝品，不修改一番就拿不出手。但是这么晚了，化了妆又给谁看？房里仅傅生一人，应该是给傅生看的，可也不一定，化妆可能也像艺术，只是为了自己，而不一定非要给别人看的。傅生不懂这一点，觉得李小妮有点奇怪，连睡觉也要化了妆睡，是不是准备梦里送给谁看？

傅生想完，就回房上网了。

二

李小妮的到来，傅生最初的感觉是房间变大了。但是没几天，傅生又觉着事实上房间是变小了。譬如，现在他就不能穿着裤衩在客厅里晃来晃去，以前跟一指使用的口头禅，用在李小妮身上似乎也不合适，时时得提防着会脱口而出，这就弄得傅生嘴生，面对李小妮，好像连话也不会说了，好像患了初恋失语症的少男似的。

这就给李小妮提供了一种错误的信息，以为傅生爱上了她。既然人家爱上你了，何况又是同居一屋，你总得也给人家一些暗示和机会。女人给男人的机会，通常是让他干活，先是体力活，然后当然也是体力活。李小妮嫌一指留给她的铁床没有人味儿，要傅生替她买一张席梦思床。傅生说，席梦思，那么大的玩意儿，我哪搬得动？李小妮说，叫搬运工嘛。傅生说，既然叫搬运工，就不用我替你买了。李小妮说，这些活应该你们男人干，一个女孩儿连床都得自己买，不是太丢份了？这话很有点潜台词。大约就是从这句话开始，傅生觉着他对李小妮是没有意思的，当然也不只是李小妮，他对别的女人也是没有意思的。比较有兴趣的还是上网，网上的女人，这跟眼见

10

的女人是完全不同的，网上的女人其实是由想象构成的，譬如一条浮在空中的鱼，它几乎是一句超现实的诗，可能绝望也可能是过于幸福而浮在空中，你能想到它是一个女人吗？

不过，席梦思床傅生还是替她买了。李小妮的回报也是丰厚的，她看见傅生房间里堆满了脏衣服，床上的被子也像是垃圾堆里捡来的，一点儿也不像白领的生活，就干起了通常妻子才干的活，帮他洗衣服。李小妮以前可能从未帮人洗过衣服，洗着傅生的脏衣服时，仿佛触摸到了傅生的身体，就有了一种亲近、温暖的感觉，她大概就是在替傅生洗衣服时，觉得爱上傅生了。

傅生肯定不知道李小妮洗一次衣服会有这样的感觉。对他来说，除了帮他洗衣服，李小妮似乎只是他和一条浮在空中的鱼网上聊天的一个话题，自从李小妮与过客同居一屋，一条浮在空中的鱼对她就充满了兴趣，不停地要过客描述她的长相。过客说，我不是作家，我没有肖像描写的能力。

一条浮在空中的鱼教导说，你就像作家那样，使用比喻嘛。

过客就试着使用比喻，但想了半天，还是想不出李小妮究竟像什么，过客说，我确实不是作家，我不会使用比喻，她大概像个女人吧。

一条浮在空中的鱼又问，你们互相有交往吗？

过客说，有啊，我帮她买床，她帮我洗衣服。

一条浮在空中的鱼说，气死了！气死了！你怎么能帮她买床，她怎么能帮你洗衣服。你应该帮我买床，我应该帮你洗衣服。

过客说，你买床干吗？你不是浮在空中吗？

一条浮在空中的鱼说，我嫉妒得要从空中掉下来了。

过客说，别掉下来，你知道我爱的是你，我对身边的女人不感兴趣。

一条浮在空中的鱼说，那我们见面，好吗？

过客说，干吗见面？见到的不就是身体吗？

一条浮在空中的鱼说，那身体不是你吗？

过客说，那身体也许是我，可一上网我就把它丢了，你还见它干吗？

一条浮在空中的鱼说，你不是用身体在打字吗？

过客说，是的，可是你见不到它。

一条浮在空中的鱼说，你觉得这样最好？

过客说，是的。

傅生其实也不太清楚他为什么不想见一条浮在空中的鱼，大概他觉着自己是条成熟的网虫。成熟的网虫只活在想象中，如果见面，那想象的生活无疑就毁了，所以不见面是一条原则。但也不一定，也可能是傅生怕被一条浮在空中的鱼看见。傅生上卫生间又照了一回镜子，自己把自己观看了一遍，若说他自恋，是不对的，他照镜子若不是用哲学的眼光，起码也是用网虫的眼光照的。他在镜子里看见的不是自我，他看见的那具身体，在他看来几乎是多余的，他想把它扔掉。傅生揪着自

12

己稀稀的头发，试图将脑袋从脖子里拔出来，但是没有成功。其实反过来把镜子扔掉也是可行的，没有了镜子，就看不见身体，既然身体看不见了，那跟扔掉也就没有太大差别。

可镜子是李小妮的，要扔掉得经她同意，傅生说，李小妮，跟你商量一件事，可以吗？

李小妮说，当然了，什么事？

傅生说，能不能把镜子扔掉？

李小妮说，干吗扔掉？

傅生说，看见自己很烦。

李小妮说，你太好玩了，怎么有这种感觉？

傅生说，在镜子里看见自己，确实很烦，扔掉吧。

李小妮说，那不行，你什么都可以扔，但镜子不能扔，你扔掉镜子，我就看不见自己了。

傅生说，干吗要看见自己？

李小妮说，怎么能不看见自己？

李小妮说着，突然感到自己和傅生说的都很深奥，深奥得自己也不懂了。这深奥自然来自傅生，她就盯着傅生看，先是奇怪，然后是陌生，再然后是欢喜。就像一部使用了陌生化手法的小说，陌生化是要产生美的，美是要产生爱的，那瞬间她再次感到爱上傅生了。

傅生一点儿也不知道那瞬间竟然被人爱了，他失落道，既然你不愿扔，那就算了。

李小妮说，你是不是嫌自己丑，照镜子不好意思啊。

傅生说，就算是吧。

李小妮说，其实你很可爱，女人很喜欢的。

傅生说，是吗？

李小妮说，是的，你成家了吗？

傅生说，没有。

李小妮说，那总有女朋友吧？

傅生说，没有。

李小妮满意地笑了笑，随后突兀地说，我也没有。

傅生若把话题再深入一点，也许两人就都有了，但这时傅生的电话响了，傅生就回房接电话。电话是一指打来的，傅生说，搬哪儿去了？也不告诉我。一指说，你和李小妮怎么样了？傅生说，没怎么样。我在时光酒吧，你和李小妮一起来吧。傅生有点不想去，说，现在几点了？一指说，不迟，才十二点，快点儿来。傅生犹豫了一下，说，好吧。

傅生走到李小妮房门口，说，一指叫我们去泡吧。

李小妮说，一指？我不去。

傅生就非常意外，说，你和一指不是朋友吗？

李小妮说，朋友？是朋友，但是我不去。

傅生若说，那么，我也不去。也许就有故事了，但傅生一个人去了。时光酒吧就在南面不远的一条小巷里，去的通常是一些北大的学生，一指也经常光顾那里，一边喝着咖啡，一边高谈阔论诗歌什么的，他的下半身写作大概就是在那儿扯淡扯出来的。一指见了傅生，说，李小妮呢？傅生说，我正要问

14

你，她一听说是你，就不来。一指"呵呵，呵呵"了四下，以示他们的关系就是这么含糊不清的，傅生也就没兴趣问了。

一指说，今晚我特无聊。

傅生说，无聊就写诗。

一指说，写诗是手淫，今晚我想做爱。

傅生不知道怎样续他的话题，只好翻两下眼白，表示他是一个白痴，不懂。一指说，你怎么还是这副死相，跟女人同居了那么些天，也一点儿改进没有，李小妮跟你真的没有一点儿事？

傅生说，没有。

一指说，晚上我去跟李小妮睡觉，你没意见吧。

傅生说，没意见。

一指说，那么走吧，我们两个没什么好聊的。

一指和李小妮其实平淡得很，互相聊了几句天，一指就到了傅生房间，说，今晚我睡你这儿了。傅生说，你不是来跟她睡吗？一指说，说着玩的，哪能当真？不一会儿，一指就和傅生挤在一米宽的铁床上睡了。睡了一会儿，傅生又被一指挤醒，他好像刚做一个梦，一指把腿撂到他的腿上，他就醒了，很是失落。现在，他讨厌的不是自己的身体，而是一指的身体，而且一指还像猪那样打着呼噜，傅生不客气地踢了他一脚，一指停顿了一下，又更响地打起呼噜来，傅生又狠狠地踢他一脚，一指才嗷嗷着问，你干吗？傅生说，你应该去跟李小妮睡，我替她买了席梦思床，宽得很。一指说，你们床都准备好了，还是你去吧，我在你房间手淫算了。两人这样让来让去，让得都不想睡了，忽然，李小妮在她自己的房间里说，你们两位正人君子，让完了没有，谁来跟我睡呀。一指说，你都听见了？正笑着，又听见李小妮哭了，傅生吃了一惊，说，开玩笑的，干吗当真？不想李小妮干脆放声大哭起来，两人一时不知所措，都呆呆地听着。

第二日，傅生想表示一下歉意，但看着李小妮已灿烂如初，早忘了昨夜曾大哭过一场。傅生觉着没有必要，也就不提。

三

当李小妮知道傅生整夜趴在电脑前是和一条浮在空中的鱼网恋，觉得傅生实在是幼稚得可爱。网恋那玩意儿，她也玩过的，不过是爱情泡沫而已，还互相见过面，及到一见面，网上的激情就像春梦一样了无痕迹了。不过，网恋也是好的，一次一次的网恋就像彩排，为真正的爱情提供经验。所以李小妮对一条浮在空中的鱼并没有什么感觉，那是一条虚幻的鱼，可以作为引子，开始她的爱情旅程的。

那夜，楼里不知出了什么故障，突然停了电，傅生的网上生活也随之中断，傅生在黑暗里待了一会儿，除了上网，就想不起还有别的什么事情可干。傅生准备去北大南门的网吧上网，李小妮说，你要去哪儿？傅生说，我去网吧。李小妮说，你别去，我一个人害怕。傅生说，你也一起去吧。李小妮说，别去了，待在黑暗里聊聊天不是挺好的。傅生只得留下来陪她。

傅生坐在客厅里，闭了一下眼睛，又睁了一下眼睛，发现睁眼闭眼都是黑的，就有点决定不下到底该睁眼还是闭眼，及到李小妮端了蜡烛来，这个问题才得以解决。蜡烛短而胖，红色的，就是酒吧里常用的那种，它自身的红颜色似乎比它上头的那团光亮还吸引人，傅生就有些兴奋，说，你怎么有蜡烛。李小妮说，上回过生日留下的，想不到还有用场。李小妮穿了睡裙，黑色的，黑夜的黑，是那种松松宽宽一伸手便可以掀起来的，就像掀开黑夜的一角，露出里面动人的白。其实不掀它也是不存在的，它是黑夜的一部分，李小妮就剩了脸、脖子、胸口以及双臂浮在黑夜之上，况且又是烛光，就那么一团白，似乎也是穿了黑睡裙的什么身体，这烛光、这黑夜以及黑睡裙，使李小妮获得了一种虚幻的性质。傅生难免为她所动，不知什么时候，两人就抱在了一起，傅生的手掀开了黑夜的衣角，李小妮说，抱我进去。李小妮的声音也像一种幻觉，傅生就抱她进去。这也如同傅生所有梦遗的春梦，往往中途半端，傅生的身体颤抖了，而后就僵那儿不动。李小妮说，怎么了？傅生说，没什么。李小妮说，你不要我？傅生说，不……不……李小妮即刻明白了，安慰说，没事的，没事的。

后来虽经李小妮的诱导，傅生的身体又发动起来，但傅生感觉很枯燥了，像是在完成一种非常枯燥的运动，尽管运动的效果不错，李小妮发出了呻吟，一种由痛和快乐合成而节奏强烈的声音，可傅生听起来总觉着是肉体的另一种呼噜。

这个夜晚实在是一个糟糕的夜晚，它像梦，但又不像，梦醒了便忘，这个夜晚却注定要留在傅生的记忆里，而且是关于下半身的记忆，他的下半身似乎没什么可自豪的，几乎给他带来了耻辱。后来，他不愿跟李小妮第二次做爱，是否跟身体的恐惧感有关？事毕，李小妮说，你在网恋，是吗？

傅生说，是的。

李小妮说，我不许你网恋。

李小妮可能觉得傅生已经和她做爱，便归她裙下，为她所有了。但傅生说，那不行。

李小妮说，她比我好吗？

傅生说，不知道，没法比。

李小妮说，她叫什么？

傅生说，一条浮在空中的鱼。

李小妮说，好怪啊，她是干什么的？

傅生说，不知道。

李小妮说，她漂亮吗？

傅生说，不知道。

李小妮说，你什么都不知道，这也叫恋爱？

傅生说，恋爱要知道这些干吗？

李小妮说，那你们怎么爱啊？

傅生说，就是不断地说话。

李小妮说，那你爱她什么？

傅生说，爱她什么？好像是个问题，我不知道。

然后，李小妮又问网恋的经过。傅生说，很简单，她问我怎么称呼，我说就是过客。她说不对，所有人都是过客，过客不能是称呼。我说，那——我不知道，从我还能记得的时候起，我就是一个人，我不知道我本来叫什么。她说，那么，你是从哪里来的？我说我不知道，从我还能记得的时候起，我就在这么走。她说，那么，我可以问你到哪里去吗？我说，当然可以，但是，我不知道。不等我说完，她就抢了说，从我还能记得的时候起，我就在这么走。我说是的。她说，看来，你是真过客，不是冒牌货。就这样开始了。

李小妮说，好像在背台词。

傅生说，是的，当时我刚看过《过客》，窗口上还打开呢。

李小妮说，你们准备见面吗？

傅生说，她是想见我。

李小妮说，你不想见？

傅生说，是的。

李小妮说，见见吧，我也想见。

傅生说，不想见。

李小妮似乎得到了保证，抱着傅生准备睡了。傅生说，你睡吧，我回去。李小妮说，你不陪我？傅生说，我习惯一个人，两个人睡不着。那你回去吧。李小妮失望地转过身去。傅生回到房间，在暗中坐了许久，觉得什么地方有点不对，他怎

19

么跟李小妮做爱了？他并没想过要和她做爱的。当然做爱也不是什么大事，做了也就做了，问题是什么地方有点不对，而且没什么劲，似乎还不如手淫，手淫充满了自由和想象，是一种艺术，就像写诗。傅生就想起了一指，独自笑了一下，又想起李小妮是他带来的，至今也不知道他们什么关系。他和李小妮做爱了，是否就算有了关系？傅生想了想，觉得这样的结论是很庸俗的，正确的结论应该是没有关系。

但是，傅生下这样的结论，无疑是在逃避现实，李小妮绝不认为他们没有关系。此后的几日，他们不可避免地搅在了一起，李小妮甚至在傅生上网的时候，也陪在了边上，傅生不大好意思当着她面与一条浮在空中的鱼谈情说爱，只得心不在焉地窜来窜去看一些文章。李小妮比他还记挂着一条浮在空中的鱼，不停地说，你怎么不跟她谈恋爱？傅生说，你坐边上，我怎么谈。李小妮无所谓说，不就是网恋，你以为真的恋爱？我会在乎？傅生说，可是我在乎。李小妮说，我想看你们怎样网恋，谈吧。傅生说，网恋不是谈给你看的，要看，你自己跟她谈吧。李小妮高兴地说，真的？不管我说什么，你不能反对。傅生说，好吧。李小妮就面带笑容抢了键盘，现在她是过客了。

过客说，小宝贝，想我了吧。

一条浮在空中的鱼说，今天你好亲热。

这客说，今天我高兴。

一条浮在空中的鱼说，高兴什么？

20

过客说，我跟一个女人同居。

一条浮在空中的鱼说，我知道你跟一个女人同居，你不是说过？

李小妮大为意外，瞪着傅生问，你什么都告诉她？傅生说，我只告诉她跟一个女人同居一屋，这跟同居是两个概念。李小妮说，那好吧。

过客说，我跟她做爱了。

李小妮打完这行字，喘着气等待对方的反应，可一条浮在空中的鱼平淡得很，说，我知道你们早晚要做爱的。

过客说，你没意见吧。

一条浮在空中的鱼说，我没意见，但是感到悲哀。

过客说，我虽然跟别人做爱，但我爱的依然是你。

一条浮在空中的鱼说，这我知道。

该阻止李小妮胡说八道了。傅生说，够了，跟她说再见吧。

李小妮说，你不高兴了？

傅生也不想明确表示不高兴，李小妮想试探一下，又重复一遍"我虽然跟别人做爱，但我爱的依然是你"，我说的不错吧。傅生说，行了，行了。李小妮讨了个没趣，就闷闷地离开了。

李小妮感到傅生对她并不在意，偷偷流了一回泪，忍着两日不理傅生。可是李小妮白忍了，傅生根本没有感觉。到第三日，李小妮实在不想忍了，她必须问个明白。

李小妮说，你还在生我的气？

傅生说，生气？没有，我干吗生气？

李小妮说，我只是觉得那样好玩，你真的那么在意网恋？

傅生才想起她指什么，说，我早忘记你说什么了。

那就好。李小妮说，你知道我爱你吗？

傅生吃惊地看着李小妮，他看见李小妮的脸十分严肃，他痛苦地摇了摇头。

李小妮又十分严肃地问，那你爱我吗？

傅生说，我不习惯这么严肃。

李小妮就笑了笑，说，那你爱我吗？

傅生也笑了笑，说，我想没有。

李小妮说，既然你不爱，为什么还跟我做爱？

傅生说，对不起，我不知道为什么。

李小妮不问了，用沉默逼问，看来没有个理由是不行的。傅生回忆了一下，说，也许因为停电，因为黑，可能还跟蜡烛有关，红蜡烛，我想那是一次偶然。

傅生这样强调蜡烛，李小妮觉得好笑，说，你不觉得是我引诱你？让你失足。

傅生说，你的口气像网上的女人。

李小妮说，你很真实，我喜欢，真的很喜欢。

然而李小妮还是搬走了，一指又搬了回来。跟她搬来的时候一样，也是傅生上班时搬走的，她的来去，傅生觉得就像一指玩的一场阴谋。对于傅生的指责，一指是这样反驳的，你他妈的，做爱怎么能只做一次，起码也得做得不想做了，才不做。傅生懒洋洋说，我一次就不想做了。

四

一条浮在空中的鱼给过客发了一封让他大为惊异的"伊妹儿"。

过客：

我喜欢你的坦诚和直率，你什么都告诉我，是我最引以为荣的，但是，你也很残忍，你告诉我你跟一个女人同居一屋，你又告诉我你跟她做爱了，你这个傻瓜，你为什么要告诉我这些，你一点儿也不了解女人。

当我知道你和别的女人做爱，我受不了了。网上的爱情开始也许只是一场游戏，可我陷得太久太深，每当我想疯狂的时候，原来我面对的却是虚无，这种灵和肉的分离我不能再坚持下去，现在我痛恨网络。过客，我要见到你，没有身体的爱情是荒谬的。

晚上，我在看电视剧《封神榜》，哪吒自杀后，灵魂飘飘忽忽的无处着落，看到这里，我哭了，我们待在网上有魂无体，不也是这样吗？所以我要回到我的身体，我一定要见你。

我明天下午 5 点到京，来机场接我，请不要害怕，我绝不是恐龙。

　　不好了，不好了，明天恐龙就要从天而降。傅生面对屏幕自言自语着，一会儿，他真的害怕了，想想一条浮在空中的鱼要以身体的形式出现在他的面前，无论如何不是愉快的事，他得阻止她来京，就发"伊妹儿"。

　　一条浮在空中的鱼：
　　也许是因为厌恶自己的身体，我才选择待在网上，现在，我的身体只能面对电脑屏幕，而无法面对真实的你。一旦见面，这场虚拟的爱情肯定就完了，让我们永远待在网上，好吗？

　　不多会儿，过客的 OICQ 响了，一条浮在空中的鱼说，见面有那么可怕吗？
　　过客说，我想是的。
　　一条浮在空中的鱼说，就算虚拟的爱情完了，但真实的爱情诞生了，不好吗？
　　过客说，我们只是网虫，真实的爱情跟我们无关。
　　一条浮在空中的鱼说，我不懂你的意思。
　　过客说，这样说吧，你要见的那个人并非是我，我跟他没有关系。

一条浮在空中的鱼说，你这个说法不成立，你是怕我见到跟你同居的女人吧。

过客说，她搬走了，现在我跟一个男的同居一屋。

一条浮在空中的鱼说，不骗我？

过客说，我什么时候骗过你？

一条浮在空中的鱼说，我相信你，告诉你，我想好了对付她的办法，可惜她又搬走了。

过客说，什么办法？

一条浮在空中的鱼说，其实很简单，只要你一见到我，就会从她的身边离开的。

过客说，你就因为这个要见我？她不是已经走了。

一条浮在空中的鱼说，当然不是，我想你都快疯了。你这个傻瓜，知道吗？明天见，拜拜。

然后给她发任何信息，都没有回应了，气得傅生在房间里嗷嗷乱叫。他的叫声被一指听见，一指说，你发情？傅生说，不是我发情，是一个网妞发情，她一定要见我。一指说，这不是好事吗？傅生说，可是我不想见。一指说，那我替你见吧，好就带回来，不好一脚踢开。傅生说，行。一指说，她是干吗的？傅生说，跟你一样，可能也是从事下半身写作的。一指说，好哇，让我看看她写的东西。傅生便打开她发来的"伊妹儿"，一指看了一遍，又看一遍，脸上严肃了许多。傅生说，怎么变正经了？一指说，她写得很好，没有身体的爱情是荒谬的，写得多好啊。傅生说，那就归你了。

看来一指确实对一条浮在空中的鱼发生了兴趣，一个小时后，一指又嘻嘻哈哈过来说，你真愿意把她转让给我？傅生说，是的。一指说，那么我就是过客了？傅生说，是的。一指说，你别后悔。傅生说，不后悔。一指说，你们在网上都说了什么，你先把你们的过去转让给我。这一问把傅生难住了，过客和一条浮在空中的鱼似乎有很长的过去，又似乎什么都不曾有过，他们始终是两个词，两个会说话的词，说的全是没有任何意义的废话。原来网恋就是由废话构成的，电脑一关，什么也没有留下，你能想起的顶多也就是一些废话的碎片，就像两个酒鬼，酒酣耳热滔滔不绝，酒醒之后什么也不记得，你唯一能说的就是一句，我醉了，网恋就是那么一种类似醉酒的状态。傅生茫然说，过去？有过去吗？一指说，你不愿转让，就算了，还是你自己去接吧。傅生说，你要不去，就拉倒，我才不去。一指说，你真是一个电脑怪胎。傅生说，我把这等好事都转让给你，你还骂我。一指说，我是觉得夺人之爱，有心理负担。傅生说，不是夺，是我免费送的。

一指卸下了心理负担，对一条浮在空中的鱼进行了充满激情的身体想象，很快就达到了贴肉的诗意状态。当夜他赋诗三首，只是写得太下半身，不便引用。因为写诗浪费了时间，一指睡到第二日中午才起床，饿着肚子冲了一个冷水澡，一指的脑子被冷水浇得清醒过来，想下午怎么接一条浮在空中的鱼呢？他的第一个反应是打电话问傅生，但转而一想生怕傅生改变主意不让他接了，又取消这个念头。如果举着一个牌子，上

26

书"一条浮在空中的鱼",这样简单是简单，可也太没有创意了。一指想了许久，突然灵感爆发，他高兴得在床上跳了三跳，摸了三下天花板。如果在自己胸前写上一行怪模怪样的字"一条浮在空中的鱼"，在机场出口一站，简直就是一件行为艺术的作品，还怕一条浮在空中的鱼见了不兴奋得死去活来？一指找了一件宽大的白汗衫，上街专门买了彩笔，用红、黄、蓝三原色，将"一条浮在空中的鱼"这行字，大小不等整行不一地写在白汗衫上。一指很满意自己的创作，满意得忘记了吃中饭。然而单是汗衫奇特还是不够的，一指的灵感开始波及全身，他觉得脑袋也得改头换面，修理修理。看见前面有一家理发店，他就走了进去，其实他还不知道干什么。小姐说，洗头？那就洗头吧，一指愉快地说。一指的脑袋被小姐的长指甲搔着，很快长发上覆盖了一层泡沫。一指安闲地欣赏着壁镜里的自己，他的欣赏从最突出的部位——鼻子开始，而后往上是眼睛、眉毛以及额头，而后跳到鼻子下面的人中、嘴巴以及下巴，而后对整张脸作整体的注视。应该说每个部位都不错，没有明显的毛病，但这张脸放在人群中也不是那么引人注目的，虽然披到脖子的长头发，把他与相当的一部分人区别了开来，但现在长头发的人也太多了，算不上什么特点。一指看久了总感到什么地方不对，若穿上那件白汗衫，这上半身可能就更不对了，过于平淡而且不谐调。如果头发不是黑的，而染成红的或者黄的，可能好些，但现在染头发的人也太多了，也算不上什么特点。一指利用排除法，终于知道了他的脑袋应该什么样

27

子，光头，对，剃光头。一指说，叫理发师，给我剃个光头。小姐说，你要剃光头？一指说，对，剃光头。小姐说，剃光头就不用洗头了，浪费钱。一指高兴地说，嗨，我也是刚想到的。小姐关心地说，想好了，那么漂亮的头发，剃了就没了。一指说，想好了，剃光头。

一指剃了光头，换上写了"一条浮在空中的鱼"的白汗衫，面目果然非同寻常了。一条浮在空中的鱼？小姐迷惑地念着，然后再看他的光头，赞叹道，好酷啊。

一指就这么酷地打的到了机场，接客的人都闲得无聊，自然把目光都集中到了他身上，大家也像理发店的小姐迷惑地念着，一条浮在空中的鱼？再仔细看那光头确乎也像某种鱼头，就觉着这形象大有深意或觉着是神经病。一指看着那么多人表情丰富地观看他，感到十分受用，仿佛是个名人了，心里不禁感慨，自己写了那么多年诗，居然默默无闻，不想这不经意的创举，竟吸引了几乎所有人的目光，原来想引人注目也是很容易的。一位年轻的女士甚至被吸引过来了，好奇问，你是行为艺术家吗？一指想，若说不是她会离开的，就随口说，是的。女士点点头，立即自我介绍她是某报的记者。一指说，哦，记者。女记者说，请问你这件作品表达了什么主题？一指说，主题吗，行为艺术的主题是含糊的、多向度的，可以做多种多样的理解，我这件作品由两部分组成——光头和汗衫上的诗句，一条浮在空中的鱼，是超现实的，鱼不在水中而浮在空中，它是无法生存的，令人绝望的，如果从环境的角度理解，我想我表达了对水污染的忧虑。女记者满意地又点点头，一指很得意自己居然这般信口开河胡说八道，确实是已经够格的名人了。又一个更年轻的女人被吸引过来，站他面前细声说，过客。一指像听到暗号，赶紧拿眼看她，那女人眼里闪着灼人的光芒，说，我是……一指抢过说，一条浮在空中的鱼。不知怎么的，两人的身体就贴到一块儿，嘴对上嘴，狂吻了起来。好像他们不是头一次见面，而是久别重逢，早做过一千年的情人似的。

临走，女记者还笑嘻嘻地拉着一指问，请问这个场面也是你行为艺术的一部分吗？一指说，对不起，这是秘密。拉了一条浮在空中的鱼，赶快上车。

一条浮在空中的鱼说，我们的见面好精彩啊。

一指想叫一条浮在空中的鱼，发觉她的名字是不适合叫的，建议她改叫鱼儿，一条浮在空中的鱼就变成了声音暧昧的鱼儿。一指及时地告诉鱼儿，为了让她一眼看见，如何把自己弄成这副样子，以及女记者误认他为行为艺术家的插曲。鱼儿就感动地抱了他的光头，放在自己怀里。后来鱼儿躺在一指的床上，还动情说，看到你胸前的名字和这么酷的光头，我激动得快晕倒了。鱼儿一点儿也没想到一指事实上不是过客，一指的扮酷，无疑获得了巨大的成功，回到房间，你可以想象他们首先要干的事情是什么。

五

　　傅生看见一条浮在空中的鱼的时候，似乎一点儿心理准备也没有，其实他应该想到一指会把她带回来的。看着这个那么陌生的女人，而他们在网上居然谈了那么长时间的恋爱，傅生觉得有点可笑，更可笑的是现在她和一指在一起，好像很亲密了。一指也出乎意料地变了一个人，这么个光头和写着"一条浮在空中的鱼"的白汗衫，显然是刻意为她而备的，这样就是过客了吗？傅生觉着倒更像个流氓。傅生忍不住就笑起来。

　　一指介绍说，我的同屋，他叫傅生，是位电脑专家。

　　一条浮在空中的鱼点了头说，你好。

　　傅生说，你好。

　　一条浮在空中的鱼说，你是刚搬来的吧。

　　傅生说，不是的，我一直住这儿。

　　一条浮在空中的鱼就诧异地看了一眼一指，一指不知道她干吗诧异地看他，就莫名其妙地看着傅生。傅生才发觉自己说漏了嘴，但也不知道怎样弥补，便礼貌地点点头，躲回房间了。

　　一条浮在空中的鱼说，你不是告诉过我，你跟一个女人同居一屋。

　　是吗？一指说，一指说完马上想，傅生这傻瓜，连这种事也告诉她。

一条浮在空中的鱼说，你告诉我，那女人刚刚搬走，他才搬来的。

一指说，是的。

一条浮在空中的鱼说，那他怎么一直住这儿？

一指说，他是一直住在这儿，我们两个一直住在这儿，实际上根本没有女人在这儿住过。

一条浮在空中的鱼说，原来你骗我的？

一指说，是的。

一条浮在空中的鱼就拿拳捶一指的胸，你好坏啊，你骗得我好苦。

一指想，若不是自己聪明，就露马脚了。聪明的一指想，应该多做爱少说话，尤其不要让鱼儿和傅生说话。

躲在房间里的傅生，听到这样的对话，又觉得很可笑，他没想到一指会来真的，真的把她接来了。现在他是过客，同时也是个骗子。这场网络爱情，意外地变成了一场骗局。这样想着，傅生就陷入了不安之中，觉着这骗局也有他的一份，他应该告诉一条浮在空中的鱼真相，然后她和一指无论怎样，都跟他无关了。

但是怎么说？傅生出来看了看这个女人，看了看之后，傅生就不想说了，这个女人陌生得跟他似乎毫无关系。在他看她的时候，她也没有反应。傅生又躲回了房间，坐在电脑面前默想了一会儿，试图把这个陌生女人和一条浮在空中的鱼连在一起，但没有成功。傅生就有点恍惚，像往日一样照常上网，呼

31

了三遍：

过客：一条浮在空中的鱼，你在吗？

过客：一条浮在空中的鱼，你在吗？

过客：一条浮在空中的鱼，你在吗？

一条浮在空中的鱼没有回应，傅生就很气，像被恋人抛弃了那样，翻着眼白，突然，他对着电脑大叫了一声：

一条浮在空中的鱼，你在哪儿？

叫我吗？那个陌生女人吃惊地说。

傅生吓了一跳，不知道自己为什么这么大叫。那个陌生女人又问，叫我呀？傅生只得开了门，尴尬地说，你就是一条浮在空中的鱼？陌生女人说，是呀。傅生又尴尬得不知下面该怎么说，愣那里不动。一指见他这样，感到不妙，机灵地说，我们喝酒吧。立即拉了他出去买酒。

一指说，你怎么了？

傅生说，没什么。

一指说，你干吗大叫？

傅生说，我也不知道，是一次意外吧。

一指看他恢复了正常，松了气说，刚才我真害怕。

傅生说，刚才她应的时候，我有点不知所措。

一指说，你是不是也喜欢她了？

傅生说，我觉得很陌生。但你应该告诉她，你不是过客。

一指说，那不行，我已经是过客了。

傅生说，这样你是骗子，我也是骗子，太过分了。

一指说，你那些网上的事，没事的。

一指买的是某某牌的干红葡萄酒，这种红色的液体更像某种隐秘的欲望，还买了鱼片、牛肉干、花生米、开心果等。傅生看见货架上的红蜡烛，好像回忆起了什么，说，点蜡烛喝酒吧。一指说，你也这么伪浪漫了，那就点蜡烛喝酒。不久，葡萄酒的颜色就爬到了他们的脸上，现在，傅生应该算认识一条浮在空中的鱼了，一条浮在空中的鱼就是面前这个女人，跟李小妮一模一样的女人，仅仅是衣服的颜色有所不同，李小妮是黑色的，她是红色的。傅生有点奇怪，他们居然网恋了那么长时间，现在认识了，网恋也就结束了。两个认识的人是不可能网恋的，比如他和李小妮。那个停电的夜晚，他和李小妮做爱，后来因为不想继续做爱，李小妮搬走了。傅生又有点奇怪，他为什么建议一指买红蜡烛，模仿那么糟糕的一个夜晚。或许这个夜晚更糟糕，他把一条浮在空中的鱼送给一指，同时一指就成了过客，他就什么也不是了，纯粹是一个局外人。一条浮在空中的鱼似乎也不喜欢他插在中间，但是，跟她网恋的毕竟是他，他再次感到良心上的不安，不能这样对待她。

一条浮在空中的鱼好像准备回首网上的往事了，这让一指十分为难，一指只好堵住她的嘴，主动发问。

一指说，你原来想象的过客是什么样子的？

一条浮在空中的鱼说，就你这样，不过不是光头。

一指比着傅生说，有没有想过是他那样的？

一条浮在空中的鱼摇摇头，没想过。

一指就得意忘形地看着傅生笑，不料傅生一本正经说，其实他不是过客，我才是过客。

　　一条浮在空中的鱼说，是吗？

　　傅生说，是的，在网上跟你恋爱的人是我，不是他，你没感到网上的过客和你见到的过客不一样？

　　一条浮在空中的鱼说，本来就不一样。

　　一指说，对，对。

　　傅生说，我觉得网恋必须建立在陌生之上，见面是很愚蠢的。

　　一条浮在空中的鱼说，我不同意，见面太有诱惑了，就是"见光死"，我也想冒一下险，不过还好，我们的见面比想象的还好。

　　一指说，对，对。

　　傅生发现一条浮在空中的鱼根本不相信他是过客，现在不是道德问题，而是如何证明他才是过客。傅生说，虽然你不相信，但我确实是过客，我不想见你，然后他说他要见你，我以为他说着玩的，没想到他真来接你，过客就变成他了。

　　一条浮在空中的鱼微笑说，是吗？

　　傅生说，这有点荒唐，我觉得很对不住你。

　　谢谢，你这么一本正经地开玩笑，非常幽默。一条浮在空中的鱼很开心地笑着。

　　一指也笑着说，他就是这样的，有时候幽默得人要死。

　　傅生本来是不想当个骗子，冒着被一指臭骂的风险才说这些的，结果却成了幽默大师。看来他要证明自己是过客，是没希望了。原来网络时代的爱情，身体是可以随便替换的。傅生看看一条浮在空中的鱼，又看看一指，就同样开心地笑起来。

后面的事情就没意思了。事实上，傅生无法证明自己是过客，一点儿也不幽默，他一直以为自己是过客的，而一条浮在空中的鱼竟不承认他是过客，那么他是谁？傅生就有点接近鲁迅先生的过客了，因为鲁迅先生的过客头等难题也是不知道他是谁。但傅生活在信息时代，到底比鲁迅先生的过客幸运，他的前面不是坟，而是电脑。可这个夜晚，电脑跟坟似乎也没有太大差别，失去了一条浮在空中的鱼，过客就成了流浪汉，摁着比巴掌还小的鼠标，艰难地在无数的网站间跟跄而行，连讨杯水喝的可能也没有，而那些地方就像鲁迅说的，就没一处没有名目，没一处没有地主，没一处没有皮面的笑客，没一处没有眶外的眼泪。过客憎恶他们，过客不想去。

傅生就对着电脑发木。

忽然，一指的床响了，接着一条浮在空中的鱼就"过客，过客"地叫唤起来，傅生从椅子里弹了起来，但即刻又坐了回去，一会儿，一条浮在空中的鱼的叫唤声还加了感叹词，唉过客唉唉过客唉唉……那声音比文字更抒情更直接，对身体很有冲击力，傅生的身体就被叫大了。

傅生的身体从房间里溜了出来，站在圆明园对面，此刻，身体是如此让人难以承受，好像被一条浮在空中的鱼叫起来，反抗他的灵魂了。傅生垂头看了看下半身，痛苦地骂了一句，他妈的。

　　傅生转了个弯，沿着中关村大道往南走，傅生走着走着，觉着这具身体并不是他的，他想起了一句很精彩的成语——行尸走肉，形容的就是它。今夜，它好像摆脱了控制，要单独行动了，它在中关村大道上快速地走着，其实它没有目标，只是一种冲动，它要走。车从它的身边流过，车明显比它走得快，它愤怒了，准备跟车比一比速度，它开始奔跑了，它发觉跑比走要好，跑就是两条腿的运动。但是，不一会儿它就跑不动了，站那里喘气，眼也被汗水模糊了。一辆出租车停在了它面前，它莫名其妙就上了车，坐在副座上继续喘气。司机说，去哪儿？它说，不知道。司机说，那怎么走？它说，往前走。司机走了一会儿，又问，上三环吗？它说，上。司机把车开上三环，车速就陡然加快，好像要飞了，窗外的景物都虚幻起来。它觉得这样很好，有一种类似做爱的快感。现在，它知道它要干什么了。当司机再次问上哪儿，它说，哪儿有小姐就去哪儿。小姐？司机就很亢奋，说，要什么档次的？当然要好的。那你上××饭店吧，那儿小姐好，不过价格贵，一次八百。怎么找？司机见他并不在行，教导说，你最好开间房，然后上歌厅挑，看中了带走。

　　照司机的指示，它先开了房，然后上歌厅，那儿的小姐确实是好，好得让它晕头转向，不知道怎样确定好的标准。实际上，在它尚未确定好的标准时，反被小姐带走了。一个小姐见它又呆又傻，上来挽了它的手说，几号房？它说，×号房。走

36

吧。它就被小姐带回了房间，小姐说，你先洗澡。

它洗完澡，小姐也洗澡。这房间到处是镜子，它在镜子里看见了一个人，这个人应该叫傅生，傅生在镜子里茫然地看着它，仿佛就在做梦，它怎么从房间里出来？怎么到了这个地方？这是什么地方？它是谁？傅生又被这些哲学似的问题缠着了。

小姐坐到了床上，说，好了。

傅生想酝酿酝酿，说，你叫什么？

小姐说，小红。

傅生说，不对。

小姐说，那就小花。

傅生说，不对。

小姐说，那就小白菜。

傅生说，不对。

小姐，那你觉得我应该叫什么？

傅生说，我给你取个名字吧。

小姐说，好呀。

傅生说，你叫一条浮在空中的鱼。

小姐说，呀，好怪的名字。

傅生说，不好吗？

小姐说，蛮好，蛮好，那你叫什么？

傅生说，我叫过客。

小姐说，过客？好像听说过。

傅生说，当然听说过。

小姐说，不对，不对，你不叫过客。

傅生说，那我叫什么？

小姐做了一个非常亲昵的动作，笑着说，你叫嫖客。

傅生看着小姐，突然泄了气，什么兴趣也没了。

同 居

一

　　事先，何开来已经知道，他回北京要和一个叫柳岸的女人同居一屋了。何开来多少也是有点兴奋的，和女人同居一屋，这种生活是相当时髦的，至少在北大周围一带，相当普遍，甚至被称为"新同居时代"。

　　何开来原来和卢少君、陈冬生同住一屋，是个半地下的三居室，一人一间。那屋子因为大半部分在地下，住在下面有点像老鼠之类的穴居动物。但是，像何开来这种人，能够住上这样的屋子也就不错了，而且地理位置很好，就在北大边上，又正对着圆明园，一点儿也不比住在校内差。何开来并非北大学生，是来北大中文系旁听的，他大概准备当一个作家，就像当年的沈从文。这类人在北大被叫作北大边缘人，北大周围住着的几乎都是这类人，数量极其可观，因为北大与别的大学稍有不同，所有的课堂都可以随便旁听，只要在北大边上租个房子，就可以过上和北大学生差不多的生活了。和他同屋的两人

41

却是北大学生，卢少君是计算机专业的博士，陈冬生则还在读大三，他们在校内都有宿舍。卢少君是因为有一大堆的情人，住在校内不太方便，陈冬生住在外面的目的不明，现在他又搬走了，然后柳岸刚好可以住下。

柳岸，何开来是认识的。但是，柳岸住在他的房子里，却跟他没有关系。半年前，他要回南方小城箫市，刚好丁伟问他哪儿还有房子租，他想找个清静地方写论文，何开来就把房间钥匙交给了他，说，你就在我那儿写吧。但是，丁伟并没有在他的房间写论文，却把他的房间转给了柳岸。何开来在箫市接到了柳岸的电话，柳岸说，猜猜我是谁？何开来正在闹情绪，一点儿也不想猜，说，我不知道，我不猜。柳岸没趣说，不猜算了，我是柳岸。哦，柳岸，你好。何开来对着电话笑了笑。这个柳岸，他还是记得的，是在任达教授的课堂上，关于鲁迅的讨论。那堂课究竟讨论了些什么，已经模糊了，好像有个女生说，鲁迅对女性是很好的，鲁迅和女性主义是一个值得研究的课题。何开来觉着这个女生莫名其妙，鲁迅对女性好，就和女性主义有关系？我们在座的这些男人，没准对女性更好呢？就在这时，柳岸抢着发言了，大声说，现在的男人全都精神阳痿。这句话柳岸大概憋得有些时间了，始终没有机会说出来，现在，终于憋不住了，她就抢着发言了。但是，可能是过于激动，也可能是紧张，她的声音高得在课堂里都抖动了，不能算是发言，几乎就是尖叫了。就像是对课堂的一次空袭，她的这句话使课堂静止了好几十秒钟。这个问题，大概不便讨论，而且跟鲁迅好像也没什么关系。任教授立在课堂上，为难地看着静止了的课堂，好一会儿，才想起应当赶紧引导学生讨论别的问题。柳岸坐在最后一排，当时何开来就坐她边上，她这么突兀地尖叫"现在的男人全都精神阳痿"，何开来吃惊地转头看她。柳岸因为说了一句这么让人吃惊的话，大约自己也吃惊了，脸上有一层红晕，好像是羞了。何开来觉着这句话不应该是她说的，她的脸看上去有点古典，不像那种什么话都敢说的另类女生。柳岸见何开来看她，干脆也转过了头来。这样，何开来就不能白看，不能不有所表示了，何开来抿着嘴，对她笑了一笑。

柳岸大概把这一笑当作赞赏。课间休息时，何开来站在走廊上抽烟，柳岸就过来跟他打招呼了，柳岸说，你在读博士？何开来说，不是，我是旁听的。柳岸说，哦，那你是哪儿的？浙江的。浙江的？柳岸高兴地说，我也是浙江的。那我们是同乡了。是啊，是啊。何开来说，刚才，你怎么只说一句就不说了？我？柳岸又红了脸，何开来看着她，又对她笑了一笑。

何开来的笑，其实也不算是赞赏，他只是觉着一个看上去还斯文的女孩子，突然大叫一声"现在的男人全都精神阳痿"，非常好笑。所以何开来在电话里听到柳岸的声音，对着电话还笑了笑。柳岸听见何开来笑，说，你笑什么啊。何开来说，没笑什么，很高兴听到你的声音。柳岸说，是吗？你知道我现在住哪儿吗？何开来说，住哪儿？柳岸说，我住在你房间里。何开来说，可惜了，你在我房间里，我却不知道在哪儿。

柳岸说，不开玩笑，我说真的，是丁伟让我来住的，你没意见吧。人家都住进来了，何开来当然只好说没意见。柳岸说，你什么时候回来？何开来说，还没定，你住吧。

何开来想，这个丁伟在干什么？他和柳岸在干什么？何开来想了一下，就懒得想了，反正也就是借用一下他的房间，他们干什么跟他有什么关系。但是，何开来的房间住进了一个女人，卢少君很高兴，他特地打电话问何开来是不是女朋友。何开来说，当然是女朋友，否则她怎么会住我的房间？卢少君说，可是，我问过柳岸，她说不是。何开来说，那就不是。卢少君说，你还回来吗？何开来说，回来的。卢少君说，你别回来了，我们跟柳岸同居，比跟你同居有意思多了。卢少君说起同居的语气，好像他跟柳岸不只是同居，而且同床了。何开来说，好的，那我就不回来了。

何开来原打算在家待两个月，结果他在家待了半年，直至三月十七日，才告诉卢少君他要回来了。卢少君说，你还回来的？何开来说，回来的，我马上就回来了。卢少君说，好，好，回来好，可是……何开来说，可是什么？卢少君说，没什么，没什么，回来再说吧。何开来已经知道陈冬生搬走了，现在那屋里就卢少君和柳岸一男一女，卢少君不欢迎他回来倒也可以理解，如果是他，大概也不欢迎别的男人进来。路上，何开来闲着没事，就在想柳岸和卢少君，卢少君对柳岸肯定是很有兴趣的，他对所有的女人都很有兴趣，况且柳岸比他以前带回来的女人都要漂亮一些。柳岸对卢少君是否有兴趣，他就不清楚了，柳岸是个什么样的女人，他还一无所知，既然她愿意和卢少君同居一屋，应该也是有兴趣的，那么他自己对柳岸是否也有兴趣？何开来认真想了想，觉着这确实是个问题，如果他有兴趣，他和卢少君就成了情敌；如果他没有兴趣，当一个旁观者，看卢少君和柳岸在搞男女关系，那也是很无聊的。何开来突然明白陈冬生为什么要搬走了，一个屋子里是不能有两个男人的。何开来这样想着，觉着自己其实是多余的。但是，也不一定，也许他回来以后，柳岸就对他有兴趣了，他们仨人的关系将是这样的：卢少君对柳岸有兴趣，柳岸对他有兴趣，而他，对什么都没有兴趣。

何开来是十八日到北京的，进屋以后，才知道卢少君为什么在电话里吞吞吐吐的，原来柳岸把他的房间占为己有了，房间完全变了样，不是他住的时候只有一张九十厘米宽的铁床和一张破桌子。地上铺了暗红的塑料地毯，中间极其夸张地摆了一张双人席梦思大床，床顶还吊着一个彩纸做的风铃。何开来看着那张大床，疑惑地说，这是我的房间？柳岸站在门内，一只手下意识地把着门，好像是把守的意思，红了脸说，对不起，我以为你不回来了。卢少君显然也在帮她，跟着说，真的，我们都以为你不回来了。何开来见他们两人在联手对付他，气得就不知说什么好，只是站着发呆。

这房子最早是何开来租的，他是二房东，卢少君和陈冬生是从他手上转租的，照规矩，他有支配权，只要不高兴，就可以赶他们走。但是，刚回来就赶人，也不像话，而且柳岸又是个女的，男人在女人面前总是要吃亏一些。何开来看看柳岸，叹了口气，想，女人就是厉害，我让你白住半年，也不谢我一声，还把我房间占了。

柳岸见何开来发呆，不知道他在想什么，但发呆对她总没有好处，就说，你先洗澡吧，我替你烧好热水了。

这句话使何开来突然感到了一种温暖，他点点头说，你还是很好的，房间让给你了。

让给我了？

让给你了。

你真好。柳岸的脸就灿烂起来了。

何开来说，我的东西？

柳岸说，在小房间，你的东西一件没少。

小房间还不到六平方米，何开来进去看了一眼，又跑了出来，他的铁床和破桌子扔在里面，早覆盖了厚厚的一层灰，实在不像是可以住人的。柳岸免得他又后悔，赶紧说，你快洗澡，我帮你收拾房间。何开来跑到柳岸房间门口，暧昧地看着那张席梦思双人大床，忽然想起她在课堂里的尖叫——现在的男人全都精神阳痿。何开来嘴角浮着一点笑，突然叫了一声：柳岸。

柳岸吃了一惊，说，嗯。

何开来说，你一个人睡那么一张大床？

柳岸说，我喜欢大床，我不习惯睡单人床。

何开来说，我也喜欢大床，我也不习惯睡单人床。

柳岸说，是吗？

何开来说，其实也不用我让房间，我研究过了，你那张大床足够两个人睡的，我们干脆一起睡得了。

柳岸脸红了，柳岸还是相当害羞的。

卢少君听何开来这么说，也兴奋起来，从房间里跑出来，起哄说，就这样，就这样，这样很好。

柳岸说，去你的。

何开来说，你不愿意跟我睡，你们两个一起睡也行，我没意见。其实，跟谁睡还不一样？不就是睡觉？

卢少君说，这样更好，我也没意见。

柳岸看看卢少君，又看看何开来，眯了眼嘲笑说，这样好是好，可是，你们俩，行吗？

何开来没想到柳岸这么勇敢，就不敢看她了，对卢少君低声说，你行吗？

卢少君说，我试试。

何开来说，我也试试，我马上洗澡，洗完澡和柳岸小姐一起睡。

这玩笑一开，何开来的心情好多了，洗澡时，他的想象就像头顶上喷下的水，湿淋淋地将他覆盖了。他立即体验到了和一个女人同居一屋所带来的好处，那好处就是可以想入非非。而且这个女人又是柳岸，柳岸的想象空间显然相当大。他和柳岸是因为吃惊才认识的，吃惊是一个很好的开头。何开来想，柳岸肯定是很开放的，起码在语言方面是很开放的，什么话都敢说的，和一个什么话都敢说的女人同居一屋，应该是很有意思的。

何开来洗澡这会儿，柳岸把他的小房间收拾了一遍。等他出来，小房间已焕然一新，何开来的心情就更好了些，嬉皮笑脸说，啊，柳岸真好。

卢少君说，好吧，才刚刚开始呢。

何开来说，好，其实，这小房间就不用收拾了，我睡那张大床就行了。

卢少君说，那不行，那张大床是我帮她一起买的，我都没睡，你不能睡。

何开来说，那就你先睡吧。

卢少君说，你把房间让给了她，还是你先睡吧。

柳岸发觉何开来不会跟她争房间了，只不过是贫嘴而已，贫嘴的男人其实很好对付的。柳岸说，你们两个臭男人，去死吧。

柳岸装作生气的样子，躲进了房间，连门也关上了。

卢少君说，不行了吧，演砸了吧。

何开来讨了点儿没趣，也就进了房间。但是，他还在兴奋之中，一会儿，他又站在了柳岸的房间门口。刚好卢少君出来看见，卢少君说，你站在人家门口干吗？

何开来说，当然是想她了。

卢少君，那就进去嘛。

何开来说，不进，还是我们聊聊吧。

48

卢少君对他站在柳岸门口还是很奇怪，又说，你傻乎乎站在人家门口干吗？

何开来说，我不知道，我的房间太小了，我一走动，就到了她的门口。

卢少君说，这个理由不成立，你是对她有兴趣。

何开来说，是吗？不会吧。

卢少君说，你们原来什么关系？

何开来说，我们？我们没关系。

卢少君说，不会吧，她是因为你的关系才来这儿住的，而且那么大方，连房间也让给她。

何开来说，不是我让她来的，你想，你这个色狼住这儿，我不在的时候，会让一个女人进来住吗？

卢少君嘿嘿笑着。

何开来说，轮到我来问你了，现在，你们是什么关系？

卢少君又嘿嘿笑着。

何开来说，不说？不说就是有关系了，老实说，做爱了没有？

做爱没意思。

这话是柳岸说的，何开来又大吃了一惊。转头看见柳岸站在门口，脸上是一种嘲讽的表情。

何开来说，做爱没意思？那还有什么有意思？

柳岸说，做爱没意思，做什么都比做爱有意思，做爱非常虚无。

49

何开来说，你胡说，我怀疑你还是个处女，你根本没做过爱。

柳岸说，你不要这样看不起人，我有男朋友，但是，做爱真的没意思。

何开来说，那是你的男朋友没做好。

柳岸说，我男朋友很好，肯定比你们好。

何开来生气地说，你又没试过，怎么可以这样乱比。

柳岸说，生气了吧，我就知道你们男人，说你们别的不如人可以不生气，说你们那个不如人一定生气。

何开来说，你饶了我，我说不过你，你对男人太了解了。

何开来逃回自己的小房间，躺在床上，目光盯着屋顶，想，柳岸到底是个什么样的女人啊。

二

第二天，何开来起床的时候，跟以往一样，不穿衣服就先上卫生间，这回轮到柳岸吃惊了。柳岸蹲在地上擦地板，一抬头看见何开来只穿着一条裤衩，蒙头蒙脑地经过客厅，就像见到了见不得人的东西，大大地惊叫了一声，弄得何开来把一泡尿也憋了回去，连忙说，对不起，对不起。何开来这才意识到现在是男女同居一屋了，不能不穿衣服就上卫生间的。

何开来穿完衣服，觉着这新同居时代也是很麻烦的，故意在房间里叫，柳岸，我现在可以出来了吗？

50

柳岸说，只要不是裸体就可以出来，你的裸体一点儿也不美，我可不想再看了。

何开来说，我不是故意的，我是习惯了，我没有暴露癖。

柳岸说，没有就好，你要是有这样的爱好，我还真怕呢。

何开来说，你那么勤快干吗？一大早起来就擦地板。

还早啊？柳岸看了一下手表说，都十一点啦。

何开来说，十一点啦，那就不早了。不过我前半句说的还是对的，你很勤快。

柳岸说，谢谢。

这时，何开来看见客厅里多了好几件东西，电视、冰箱和一对沙发，何开来说，这些东西是谁搬来的？

柳岸说，我。

何开来说，你？不可能吧，你搬得了那么多东西？

柳岸说，你也太小看人了，我不会叫搬运公司啊。

何开来说，对，对，可以叫搬运公司，你怎么有那么多东西？

柳岸说，我就有那么多东西，你没来之前，我不敢搬，怕被你赶走，现在看你也像个好人，就搬来了。

何开来说，我像个好人？你肯定看错了，我一点儿也不像，尤其是看见柳岸小姐的时候，就更不像。

柳岸说，又贫嘴，还不赶快刷牙，刷干净点儿。

何开来说，那好吧，为了你，我一定刷干净点儿。

说完这句话，何开来突然有点兴奋，好像他对柳岸确实有了某种兴趣。刚刚起床就对一个女人有兴趣，这种感觉是非常好的，简直比做梦还好。这样，刷牙也就有了目的，而不再是例行公事。洗刷完毕，何开来看见柳岸刚搬来的沙发，就坐了上去，并且随手操起遥控器打开了电视，何开来又架起二郎腿，点了一根烟，摆出最闲适的姿势，开始观看电视。

柳岸就像一只勤劳的蜜蜂，拿着一块抹布，在房间的各处忙碌着。柳岸的这个形象，就像一个标准的老婆，这与何开来最初的印象很不一样，她尖叫着现在的男人全都精神阳痿，何开来以为她是时髦的女性主义者，而且是那种极端的仇视男人的女性主义者。看来，女性主义对于柳岸，大概也就是一张标签，她热衷的其实还是做一个家庭妇女。现在，拿着抹布擦地的柳岸，也许才是真实的柳岸。一个家庭妇女比一个女性主义者，当然更受何开来欢迎，一个家庭妇女在劳动的时候，他可以跷着二郎腿抽烟，若是一个女性主义者，事情恐怕就要倒过来了。何开来想，柳岸是很好的，虽然自己对她还一无所知，但她还是很好的。柳岸的到来，几乎改变了一切，原来他和卢少君、陈冬生三条光棍住在一起，到处都是灰尘，根本就不像是有人住的房间，而柳岸一来，这儿就像一个家了，柳岸制造了一个家的幻觉。也许家的幻觉比真正的家更好。在家里，老婆就是老婆，性是固定的、伸手可及的、没有意思的，而在这儿，性是不可捉摸的，不可捉摸的东西当然诱人了，现在，何开来觉着对性也有了一点兴趣。

就在何开来对性有了一点兴趣时，柳岸叫他了。柳岸看了一眼何开来的房间，出来说，能不能跟你商量一件事情？

何开来说，可以，当然可以。

柳岸说，你把你的房间也铺上地毯。

何开来说，好的。不过，我现在坐着很舒服，不想动。

柳岸说，不行，现在就去，我陪你。

何开来说，你陪我？那好，现在就去。

柳岸说，其实，你的房间铺不铺地毯，跟我没关系，但是，我是个完美主义者，你的房间没铺上地毯，我看了就不舒服。

何开来说，我的房间铺不铺地毯，其实跟我也没关系，但是，柳岸小姐看了不舒服，我就必须铺上地毯。

柳岸说，你确实贫嘴，卢少君比你好，他跟我说话从来都是严肃的。

何开来说，那不叫严肃，那叫假正经。

柳岸看了看何开来，很有原则地说，我不喜欢你在背后说人坏话。

何开来说，你别那么严肃，我没说人坏话，我说着玩的，我和卢少君，我们的关系挺好的。

柳岸说，那就好，我觉得我们三个人住在一起，就应该像一家人。

何开来说，对，一家人，你是老婆，我和卢少君……怎么办呢？……还是轮流做老公吧，这样公平。

柳岸抗议说，何开来，你再这样胡说，我不跟你说话了。

何开来不解地说，你昨天还是什么话都敢说的，今天怎么这么淑女了？

柳岸说，我本来就是淑女，都是你逼的，你们男人总是喜欢使用语言暴力，我是以暴抗暴。

何开来说，那么，我们以后不再使用语言暴力，我们使用最抒情的语言，我们说话一律以"亲爱的"开头。

柳岸忍着笑说，你臭美，谁跟你亲爱的。

一起买了塑料地毯，铺上，两人都相当满意。那种满意的感觉，何开来很快就从房间转到了柳岸身上，他再次觉着柳岸确实是不错的。接着柳岸又问了一句相当温暖的话，你饿了吧？何开来说，本来是应该饿了，但是和柳岸在一起就不饿，秀色可餐啊。柳岸说，你一个人在这儿贫吧，我可吃饭去了。何开来说，那不行，你一走，我就饿了，我们一起吃饭吧，我请你。柳岸说，你干吗要请我，给一个理由。何开来说，请你吃饭也要理由，真啰唆，那就你请我吧，我不需要理由。柳岸说，我不请你，没理由。何开来说，走吧，吃完饭我给你一百个理由。

何开来和柳岸讨论了一下，决定去校内的淮扬轩吃饭。进了小东门，前面就是未名湖了。看见未名湖，何开来无端地就有些兴奋，眼睛也亮了，跟柳岸说，三年前，我来这儿逛了一圈，就不想走了。柳岸说，为什么？喜欢嘛。一待就三年？三年。一直在旁听？在旁听。那你靠什么生活？替书商做书，一年做三本就够了。柳岸睁大了眼睛，简直不相信一年可以做三本书。何开来说，是做书，不是写书，做书就是把人家的东西拿来再倒腾一遍，做得不那么像是剽窃就行了。柳岸又不相信地说，有这种事？何开来说，大家都这么做，你怎么不知道？柳岸不知道书原来可以这么做，好像是有点惭愧，就不说了。何开来见她沉默，似乎有点不对，就解释说，你是不是觉得我替书商做这种事情很下流？其实我也觉得自己很下流，就跟妓女似的。柳岸听他把自己比作妓女，瞟了他一眼，不以为然说，你这个比喻不准确，我认为妓女并不下流，妓女哪有你下流呀。何开来说，对，对，我比妓女下流。说着何开来又叹了一口气，唉，跟你们这些女性主义者说话真累，我一不小心，随便打了个比喻，就犯错误了。柳岸说，你们这些臭男人，不要拿女人当比喻，就不会犯错了。何开来说，对，对。你对语言很敏感，你是语言学专业的？柳岸没有马上回答，而是想了一会儿，说，不是。这一想，对话就停顿了。何开来不懂，柳岸为什么要想一会儿，而不是马上回答。这种问题有什么好想的，这就说明柳岸想的不是这个问题，而是别的什么东西。柳岸究竟想的是什么，何开来不知道，但他觉着在根本不需要想的地方，柳岸却要想一想，也是很有个性的。何开来又发现他和柳岸说话，一直是在胡说八道，其实，他连柳岸最基本的情况也不知道，比如她是学什么的、她读几年级，或者她也是旁听的。何开来觉着他对柳岸肯定是有兴趣了，连她说话中间的一个停顿，他都注意了，柳岸最基本的一些情况，他是应该了解的。

柳岸只说她不是语言学专业的，没有接着说她是什么专业的。柳岸似乎不太愿意说她的专业，但何开来还是想知道。这个问题，何开来在淮扬轩坐下后又问了一遍，柳岸还是想了一想，才说，中文的。何开来发觉柳岸说的时候，脸上掠过了一丝的不安，似乎她对自己的中文专业有点自卑，但那丝不安只在脸上停留了瞬间，很快就消失了。何开来又问，现在读几年级？柳岸说，研一。何开来知道了她是正式学生，心里就有几分羡慕，但又不能表现出来。作为一个北大边缘人，面对正式的学生，尤其是女生，是要装一装的，譬如装作才华横溢的样子。北大的学生向来以才华论人，而不重名分，你才华横溢，虽然是旁听的，也照样可以获得尊重，没准还会爱上你。何开来应该立即跟柳岸谈谈他在文学方面的天才，他在写某某三部曲，准备二十年后获诺贝尔奖，而不只是替书商当枪手。如果这样，也许柳岸就得对他刮目相看了。但是何开来明显犯了一个错误，或者说太老实了点儿，最终还是以玩笑的方式表达了他的羡慕。何开来说，我要崇拜你了，能考上北大研究生多难啊。柳岸谦虚地说，我是瞎考的，没想到还考上了。何开来说，跟你同居一屋，非常荣幸。但是，就我了解，你们女生不住校内，租到外面都是因为男朋友，你是不是也要带一个男朋友进来？柳岸说，没有，我的男朋友在法国，在巴黎大学当教授。何开来高兴地说，那就好，那就好，要是你每天带个男朋友回来，让我和卢少君干瞪眼，还真有点痛苦。柳岸说，说好了，我不带男朋友，你们也不要带女朋友回来。何开来说，我没问题，我没有女朋友，卢少君……何开来刚想说卢少君有一大堆的女朋友，他不带女朋友回来是不可能的。但一想卢少君和她已同居了几个月，没准有了什么关系，在背后捅他的隐私，是不道德的，就忍回去不说了。柳岸说，我跟卢少君说好的，他不带女朋友回来。何开来说，好，好，这样很好，这样我们三人内部解决。柳岸忽然很严肃地注视着何开来，又端起啤酒喝了一口，说，我问你一个问题行吗？何开来说，说吧。柳岸说，你在这儿三年，一直没有女朋友？何开来说，没有。柳岸就不可思议地看着何开来，说，那你的性生活怎么解决？何开来也不可思议地看着柳岸，不想她会问这种问题，这种事男人之间倒是经常讨论的，但何开来从未遇见过女人问他性生活怎样解决，他的表情就很有些滑稽，说，啊，哈，没法解决，这……确实是个问题。柳岸端着酒杯，又喝了一口，好像在欣赏何开来脸部丰富的变化。柳岸说，你原来还是蛮纯洁的。何开来觉着柳岸这句话带着嘲弄的意味，反击说，现在好了，现在有你，我就有希望了，反正你的男朋友远在法国，跟没有也差不多。柳岸说，不过，我还是不相信，你这么油嘴滑舌，怎么会没有女朋友，你还是蛮讨女人喜欢的。

就是说柳岸有点喜欢何开来，这意思应该是相当清楚的。如果何开来聪明一点，吃了饭，一起回房间，或许一场恋爱就开始了。但是，何开来坚持要去听课，问柳岸下午都有什么课。柳岸不屑地说，不知道，那些烂课，有什么好听的，你听了三年还不够？何开来说，不听白不听，我是学术消费。柳岸说，那我就陪你消费一次吧。

两人去中文系的广告栏看了一遍，何开来见下午有个讲座——死亡研究，就说，我们去听死亡研究。柳岸立即引用孔子的话说，死亡有什么可研究的，不知生，焉知死。何开来说，听听吧，这种研究挺好玩的，没准听完以后，你就死不了了。

进了教室，死亡研究已经开始了，好像对死亡感兴趣的人并不多，有三分之一的座位是空着的。何开来和柳岸在后排坐下，讲课的是一个老学者，见何开来和柳岸进来，停了一下，又开始说，大家都知道，人活着其实就是为了等死，我记得小时候，我九十二岁的姨妈总是在重复一句话，我为什么还不死……柳岸对死亡似乎一点儿兴趣也没有，她趴在桌上睡着了，头发覆盖了脸部。后来老学者又说，很多德国人认为，死亡是一种睡觉。何开来看着柳岸，就想笑。柳岸大概睡得并不深，也听见了，愠怒地抬了抬头，拉起何开来就往外走。

这个老头，居然在我睡觉的时候，说死亡是一种睡觉，气死我了。

何开来看着愠怒的柳岸，说，就是，死亡肯定不是一种睡觉，柳岸趴在桌上睡觉多可爱，死亡有这么可爱吗？

这时，柳岸的手机响了，柳岸一边掏手机，一边下意识地退开几步，并且转了一个身，好像她有什么秘密，不想让何开来听见。柳岸的这些动作，突然间把他们的距离拉开了，何开来站在那儿，看着柳岸的后背，觉着和她其实还是很陌生的。

如果柳岸接电话时不是躲着他，事情又怎么样？何开来想，大概也不怎么样。等柳岸接完电话，说有点事情，何开来说，你忙吧。

何开来那种因为和柳岸同居一室而引起的兴奋感，消失了。

三

何开来很快就发现，柳岸和卢少君比和他要亲热得多。他们几乎就是一家人了。卢少君的衣服都是柳岸洗的，卢少君的房间也是柳岸收拾的。卢少君的房间本来乱糟糟的，柳岸来了之后，就变得井井有条了，卢少君找不到东西，经常得问柳岸，柳岸就像训斥老公那样训斥卢少君，你看，你看，你这是什么驴记性，没有我，你快要连自己都找不到了。卢少君说，还不是你放的。柳岸说，你这个没良心的，我帮你整理，倒怪起我来了。卢少君就呵呵地傻笑，很幸福的样子。

何开来听他们说话，觉着自己是个多余的第三者，说实在的，那感觉不太好，但也没办法，三个人同居一室，有一个人多余是正常的。柳岸洗衣服的时候，偶尔也问何开来，要不要帮你洗衣服？何开来说，不要，不好意思。柳岸说，没关系的，卢少君的衣服都是我洗的，连短裤也是我洗的。何开来不懂柳岸为什么要特别强调连短裤也是她洗的，是不是想说明他们的关系进入了短裤的层面。何开来说，我们男人的短裤有秘

59

密，不好意思让你洗。柳岸笑了笑，就再也不说帮他洗衣服了。

柳岸和卢少君到底有没有关系，何开来其实是不清楚的。不过，柳岸肯定影响了他的生活，包括他的性生活。柳岸搬来之前，卢少君每个星期总要带回几个女人过夜，那些女人成分极其复杂，有老同学、老情人，有丑得嫁不出去的女博士、在酒吧刚认识的身份不明的女人以及网上从未见面的陌生女人，年龄在二十岁至四十岁不等，好像每次带回来的女人都是不一样的，何开来一直没搞清楚他究竟带回了多少个女人。卢少君这一点，何开来和陈冬生都很佩服，同时又很鄙夷，因为卢少君带回来的女人，大多丑得让人不敢多看一眼。但是，有了柳岸，就不见卢少君带女人回来过夜了。何开来想，他和柳岸应该是有问题，既然他们已经有问题，何开来对柳岸就比较冷漠。再说，柳岸也不是何开来喜欢的那种女人，柳岸学的是文学专业，应该和何开来有一些共同语言，可是柳岸从来不谈文学，弄得何开来想谈点文学也不能。柳岸是个很奇怪的人，至少在何开来看来是个很奇怪的人。她基本上不去上课，却很喜欢干家务活，好像干家务活比上课有意思得多，这同她的女性主义腔调是很不相称的。何开来说，你怎么都不去上课？柳岸懒洋洋地说，不想上，我一点儿也不想读研，我想我们是颠倒了，我这个研究生应该由你来读。她这句话似乎有点歧视旁听生的意思，何开来就懒得说了。何开来觉得她一点儿也不像中文系的研究生，倒是蛮像卢少君的陪读夫人，帮他收拾房间、

60

洗洗衣服，无聊了就上网或去附近的酒吧坐坐。

何开来以为她并不知道卢少君有很多女人，但实际上，柳岸比他知道的还多。那天，柳岸刚洗了澡，心情很舒畅，又问何开来，你真的没有女朋友？

何开来说，没有。

你和卢少君两个都不正常，他有那么多女朋友，而你一个也没有，你们两个一个性亢奋，一个性冷漠。

是吗？你怎么知道他有那么多女朋友？

他自己告诉我的。

卢少君对你很好，连有几个女朋友都告诉你。

我刚住进来时，他经常带女朋友回来，后来就不带了。

后来有你，不用带了。

柳岸大声说，何开来，你是不是怀疑我和卢少君有关系？

何开来说，我没怀疑，你这么大声干吗？有关系又不是什么坏事。

你还是怀疑我们有关系，我觉得有关系不好，不过，卢少君倒是很信任我的，他什么话都跟我说，他说，他只是喜欢和女人睡在一起，但是，并不喜欢做爱。

何开来高兴地说，那不就是说他是性无能吗？

我没有这样说，我也认为男人和女人睡在一起，不一定要做爱，做爱确实很虚无的。

这话我听你说过，看来，你确实是有感而发，你和卢少君算得上是知音了，连做爱的态度都一样。何开来想，你们睡在

61

一起，做不做爱，跟我有什么关系。

柳岸说，卢少君的性生活我了解了，现在，谈谈你的性生活。

何开来为难地说，这个问题不太好谈，你怎么喜欢谈这些？

我喜欢探究人的内心，我的导师说，要了解人的内心，首先要了解他的性生活。

你的导师是弗洛伊德吧。

不是。弗洛伊德是谁？

别装傻，你不知道弗洛伊德？

我真的不知道，弗洛伊德是谁？

何开来见她不是装傻，而是真的不知道，觉得很好笑，说，不知道算了，一个犹太人。

犹太人怎么可能是我的导师。

有可能的，他在北大中文系当兼职教授呢。

还是谈谈你的性生活吧。

我没有女朋友，哪有性生活，要么这样，我们先过一次性生活，然后我跟你谈谈体会。

这个建议柳岸没有接受，后来，柳岸又谈起了卢少君的老婆，说，他老婆也是个博士。

何开来说，你以后多读两年，也是博士。

我才不读，女博士就是丑的代名词，我有那么丑吗？

嘻，嘻，原来你是骂他老婆丑。

你见过他老婆没有？

没有。

以前没来过？

好像没有。

下星期她要来了。

那你得小心了。

我干吗要小心？我跟他又没关系。

他老婆可以怀疑你们有关系。

柳岸天真地说，是吗？

何开来肯定地说，是的。

那我不惨了？

有一个办法可以让他老婆不怀疑。

什么办法？

他老婆来的时候，卢少君和他老婆睡，你嘛，就和我睡。

何开来，别老拿我开玩笑，好不好？

卢少君的老婆果然来了，出乎意料，她长得并不丑，和柳岸站在一起，甚至把柳岸也比下去了，柳岸虽然年轻，但卢少君的老婆更有学院派女性的气质，这表明女博士也不一定都是丑的，起码卢少君的老婆是个例外。何开来就有点不懂，既然卢少君有了一个这么漂亮的老婆，为什么还对那么多的丑女感兴趣，是不是因为老婆漂亮，漂亮对他就没有意义了。

柳岸见了卢少君的老婆，异常热情，叫她嫂子，好像卢少君是她哥哥。柳岸说，嫂子，卢少君经常在我们面前夸你怎么怎么漂亮，我们说他吹牛，哪有女博士是漂亮的，见了才知道，原来你比卢少君说的还漂亮。

卢少君的老婆被恭维得不知怎么回答，其实，柳岸是在说谎，卢少君在他们面前从来不提老婆，好像他是没有老婆的。

柳岸又对卢少君说，你好好陪嫂子，我来做饭。

卢少君的老婆说，还是去食堂吃，自己做饭太麻烦了。

柳岸说，不麻烦，我很喜欢做饭的。

说着，柳岸就叫何开来陪她去买菜。何开来想，你真的拿我当掩护了。何开来迟疑了一下，还是陪了。

路上，何开来说，陪你买菜没用的，陪你睡觉才有用。

柳岸说，闭上你的臭嘴。

买了菜回来，柳岸又让何开来给她当下手，何开来最讨厌厨房，就觉着有点痛苦了，而且柳岸还不满意，不停地骂他笨手笨脚，那种骂又有些亲热的意思，大概是骂给卢少君的老婆听的，以示她和何开来的关系不太一般。

何开来在厨房享受了半个小时不太一般的待遇，又被差去买酒，等买了酒回来，柳岸的菜也烧好了。柳岸就像是这个家庭的女主人，笑盈盈地恭请卢少君和他的老婆品尝她的手艺，大家赞美一番她烧的菜如何如何好吃后，卢少君举着酒杯，代表老婆感谢柳岸和何开来，柳岸也举着酒杯，代表何开来欢迎卢少君的老婆。这样，四个人就分成了两对，卢少君和他的老婆，柳岸和何开来，卢少君似乎完全摆脱了他和柳岸的嫌疑，柳岸和他是没关系的，柳岸和何开来有关系。何开来忽然很奇

64

怪，他为什么要帮卢少君和柳岸骗他的老婆？他看了看卢少君的老婆，又看了看柳岸，不知所以地笑了笑。柳岸说，你笑什么？何开来赶紧说，没笑什么，没笑什么。柳岸说，你就是喜欢笑，我第一次看到你，你也是笑了笑，你是一只不怀好意的笑面虎。何开来说，是的，是的。

柳岸的热情好像还没有挥发完，饭后，又开始清扫房间，先是清扫了厨房，然后拿拖把拖了一遍客厅，然后用抹布擦了一遍自己的房间，然后走进卢少君的房间，帮他擦地。卢少君的老婆连忙说，我来擦，我来擦，怎么可以让你擦呢。柳岸说，没关系的，房间的卫生都是我干的。卢少君的老婆说，怎么可以让你干，你又不是他们雇的保姆。柳岸说，男人懒，我不干房间就很脏，你没见过原来他们三个男人住的时候有多脏。卢少君的老婆说，怪不得卢少君的房间这么干净，真是谢谢你了。柳岸说，哪里话，既然住在一起，就应该互相照应。卢少君的老婆就和柳岸争抹布，但是柳岸不让，卢少君的老婆只好走出了房间。

卢少君的老婆站在客厅里，看着柳岸在房间里干活，很有些不自在。后来证明，柳岸在卢少君老婆在的时候，跑到他房间帮他擦地，是很愚蠢的一个举动。当然，柳岸也有可能是故意的。卢少君的老婆似乎有一种自己的领地被别人侵占的感觉，她走到了柳岸的房间门口，朝里面看了好一会儿，目光很警觉地停留在她那张双人席梦思大床上。卢少君的老婆又想了好一会儿，大概在想这句话该不该说，末了，还是说了，是故作轻松说的。

卢少君的老婆说，柳岸，我发现你确实很会过生活。

柳岸说，是吗？

卢少君的老婆说，你的床也特别大特别舒服。

是的，是的。柳岸说着，好像忘记了什么，隔了好一会儿，补充说，哦，对了，我们可以换一下房间，你和卢少君睡我的大床，我睡卢少君的小床。

卢少君的老婆不好意思说，床怎么可以随便换？

柳岸说，只要你不介意，我无所谓的。

卢少君的老婆摇头说，不可以，不可以。

既然卢少君的老婆不愿接受她的好意，柳岸也就算了。擦完地，柳岸洗了澡，换了衣服，来到何开来房间，对他大有深意地眨了几眼，何开来不懂她是什么意思，柳岸朝卢少君的房间说，嫂子，你和卢少君早点儿休息，我跟何开来出去走走。说着，也不经何开来同意，拉了他就往外走。

何开来说，你这是干吗？

柳岸说，我们回避，让他们好好做爱呀。

何开来说，嗨嗨，你还想得挺周到的。

柳岸说，我们去雕刻时光坐坐。

雕刻时光是一个酒吧，就在前面的小巷内，从房间到酒吧，沿墙一带是暗路，在暗中，柳岸忽然靠近了何开来，并且紧紧抓住了他的手，何开来几乎可以感觉到她的心跳了，何开来想，我是替你们做掩护的，怎么好像来真的。何开来被抓着

66

手，有点不习惯，说，你害怕？柳岸说，抓一下手不行吗？何开来说，你想抓，当然也可以，可是我的手不是你想抓的，只是临时替代品吧。柳岸说，不一定，抓着你的手也蛮好的。

柳岸显然是雕刻时光的常客，服务生都认识，见了她，立即把她引到了后面一个隐蔽的座位，大概是她的专座。柳岸说，两扎啤酒。何开来一点儿也不想喝啤酒，想要点儿别的什么，但柳岸一定要他喝啤酒，何开来也只好陪她喝啤酒了。

柳岸喝啤酒的功夫相当不错，不一会儿又要了一扎。喝了酒，柳岸好像完全放松了，双手支着下巴，目光也放肆起来，盯着何开来看。

何开来说，你这样看我干吗？

柳岸说，我在研究你想什么。

何开来说，我什么也没想，只是陪你喝酒。

柳岸忽然掏出手机，何开来以为她要找什么人，很高兴地想，你快找吧，那样我就解放了。但是，柳岸很神秘地说，给你念个段子。

何开来说，念吧。

柳岸就念，饥渴的我，无法抗拒你的诱惑，跟你亲密接触时，你令我产生了阵阵无以言表的快感，感觉地球在旋转，很想和你大干一场，又怕将肚子搞大……啊，亲爱的啤酒。

柳岸念完，自己就笑个没完，大概是觉得非常好笑，笑得胸部都抖了。何开来说，很好，很好，怪不得我不喜欢啤酒，原来啤酒是男的。

67

柳岸说，很搞笑吧。

何开来说，很搞笑。

后来，柳岸就把自己喝醉了，喝醉了的柳岸又想起卢少君的老婆，柳岸说，你觉得卢少君的老婆怎么样？

何开来说，别人的老婆，我没感觉。

柳岸说，我真伟大。

何开来说，是的。

柳岸说，我把自己的床都让给他们做爱。

何开来说，是的。

柳岸说，他们在我的床上做爱，我没地方睡了。

何开来强迫柳岸回来的时候，柳岸还在胡言乱语，她的身体被啤酒泡软了，何开来几乎是拖着她回来的，拖到房间，额上都冒汗了。这样拖着柳岸，何开来的身体也应该产生一点感觉的，硬了或者软了，但是，没有，除了额上冒汗，什么也没有，何开来就觉着很无聊。何开来想，柳岸，卢少君，卢少君的老婆。何开来倒过来又想了一遍，卢少君的老婆，卢少君，柳岸。这跟我有什么关系？

卢少君的老婆大概是来侦察的，侦察的结果显然相当危险。卢少君不久就被迫搬回了学校住，就是说他的老婆不允许他在外面男女同居。卢少君离开时，表情很有些晦涩，就跟托孤似的，跟何开来说，柳岸以后就归你一个人了。何开来说，柳岸还是你的，我替你当看守，不允许别的男人进来。卢少君说，柳岸不错的，你又没有老婆，应该好好考虑。何开来狠狠

68

敲了敲卢少君的肩膀，说，你他妈的，你的女人，给我当老婆，像话吗？卢少君一本正经说，不要乱讲，我和柳岸真的没有一点儿关系。

卢少君搬走，何开来还是高兴的，因为他可以搬进他的房间住。柳岸对卢少君这样被老婆逼走，很有点不屑，同时又深为自己感到委屈。

柳岸说，他老婆真的怀疑我？

何开来说，那当然。

柳岸说，那当然？

何开来说，她不怀疑你，难道怀疑我吗？

柳岸说，他老婆应该感谢我才对，卢少君是跟我同住一屋才不乱来的。

何开来说，是的。

柳岸说，你知道卢少君为什么乱来吗？

何开来说，不知道。

柳岸说，他是因为怕老婆才乱来的。

何开来说，是吗？

柳岸说，他老婆外表斯文，其实是个虐待狂，一生气就拿针扎他，卢少君说，他害怕和老婆做爱。

何开来说，卢少君连这种秘密也告诉你？

柳岸得意地说，他需要倾诉，我是他倾诉的对象。

何开来说，那你就是圣母了。

四

其实，三个人同居一屋，是一个社会，两个人同居一屋，才是同居，卢少君走后，何开来的同居生活才刚刚开始。

柳岸似乎把他当作另一个卢少君。第二天，何开来还在睡觉，柳岸就来敲门，何开来睡意蒙眬地说，干吗？柳岸说，打扫房间。何开来说，我还在睡觉，我不扫。柳岸说，不是你扫，是我来扫。何开来说，我要睡觉，我不要你扫。你这头猪，我偏不让你睡。柳岸就使劲敲门，何开来只得起来开门，然后又快速躲回被窝，虽然何开来的动作很快了，但柳岸还是看见了他光着的大腿。好在柳岸已经不在乎他穿不穿衣服，还笑眯眯地要掀他的被子，何开来捂着被子，赶紧说，不，不，不能这样。

何开来一时还不适应和柳岸这么亲近。柳岸擦完地板，并没有离开的意思，这儿看看，那儿看看，好像在找什么。何开来探着脑袋说，很干净了，你在找什么，找灰尘吗？柳岸说，我找衣服，你有什么衣服要洗。何开来说，没有，没有。柳岸说，我可不喜欢你那么脏。柳岸把堆在椅子上的衣服一件一件提起来看，然后也不问何开来，就拿走了。

柳岸的这些动作，把她和何开来的关系搞得有点暧昧。这样不好，一点儿也不好。何开来坐在床上想，两个人，一男一女，同住一屋，应该什么关系也没有。这是一项原则。不过，这项原则是刚刚想起的，但一经想起就是一项原则了。何开来觉得他和柳岸之间必须有点距离，可是这距离似乎突然间消失了，何开来想了半天，才发现是少了卢少君，原来他和柳岸之间隔着卢少君，现在卢少君搬走了，他搬进了卢少君的房间，他就变成了卢少君。

柳岸帮他擦地、洗衣服，然后，似乎就自动获得了一种控制何开来的权力。首先是他必须九点钟起床，何开来向来是十一点才起床的，九点就被柳岸叫醒，一天都昏昏欲睡。何开来说，你饶了我吧。柳岸说，不行，男人不能睡懒觉，男人睡懒觉要阳痿的。何开来说，我宁可阳痿，你让我睡吧。但是，柳岸就是不让他睡。其次是要求何开来每天换洗内衣，这件事虽不太难，但也容易忘记，有时何开来已经在外面了，会突然收到柳岸的短信：你又忘了换内衣!!! 柳岸一连用三个叹号表示她的不满，回来一定还要挨她的训斥。最后是柳岸严重关注他和异性之间的交往，何开来和一个叫李青的女人常通电话，聊一些不着边际的废话。柳岸一点儿也不掩饰她的严重关注，她是哪儿的？她漂亮吗？你们是什么关系？甚至直截了当问，你们有没有性关系？柳岸问这样的问题，毫无心理障碍，脸上总是堆着笑，弄得何开来若是不说实话，就对不起她似的。何开来说，你问这些干什么？柳岸说，我只是好奇，你不想说就算了。此后，何开来就不敢当着柳岸的面给女人打电话，怕她又来问"你们有没有性关系？"

柳岸大概是在扮演一个妻子的角色，至于丈夫，先是卢少

71

君，现在是何开来，就是说，丈夫是谁，并不太重要，重要的是她在做一个妻子。作为一个妻子，柳岸也算得上是个不错的妻子，但何开来实在不懂，她不好好做一个研究生，而热衷于做一个妻子，肯定是有毛病。何开来想，她会不会有进一步的要求，譬如做爱，作为丈夫，何开来是有做爱的任务的，好在柳岸说过做爱很虚无，她不喜欢做爱，如果她喜欢做爱，以柳岸的性格，她大概会主动要求的，万一柳岸要求做爱，怎么办呢？何开来觉着这是个问题，他一点儿也不想做卢少君的替代品，无论如何，他和柳岸是不能做爱的。

直到现在，何开来对柳岸的印象其实还是不错的。若不是丁伟告诉他，柳岸不是研究生，而是旁听的，何开来还以为她是个有点怪异的另类女生。

本来，何开来回到北京，第一个要见的人就是丁伟，但丁伟在他回京之前，就去广州实习了。这几日丁伟刚回来，何开来见到丁伟，立即把他和柳岸同居一屋的情况汇报了一遍。丁伟说，好呀，好呀，你们上床了没有？何开来说，没有。丁伟说，你真傻，她都把你当老公了，还不赶紧上。何开来说，看来，你们没有关系，我还以为你们有关系呢。丁伟说，有关系，你也可以上的。何开来说，你就这样糟蹋你的同学。丁伟说，同学？她不是同学。何开来说，不是同学？怎么不是同学？丁伟说，她是旁听的。何开来就迷惑地看着丁伟，可是柳岸说她是中文系的研究生，她还瞧不起我这个旁听的。丁伟又肯定地说，她是旁听的。我和她是在东门的酒吧认识的，她说，她参观了北大，北大真好，在北大读书真好。我说，你想在北大读书，很方便的，你来旁听就是了。然后她就来旁听了。何开来说，这就对了，怪不得我总觉得她不像一个研究生。

在食堂吃了饭，丁伟建议去看看柳岸，何开来轻蔑地说，一个假冒伪劣产品，有什么好看的。丁伟说，你好像很生气？何开来说，她骗了我。丁伟说，不就是假冒一下研究生，她是个女人，肯定不是假的，我们去看女人。何开来想想也是，柳岸是研究生还是旁听生，跟他有什么关系，况且柳岸也不是想骗他，她想骗的人应该是卢少君，只不过顺便也骗骗他而已。何开来这么一想，就想通了，转而跟丁伟说，你见了柳岸，可不要揭穿，否则她就没法跟我同住下去了。丁伟说，那当然，看来，你还是很想跟她同居的。何开来说，是吗？是吗？

柳岸不在房间，手机也关了。丁伟说，她在听课？何开来说，不可能，她从来不听课。丁伟说，那她待这儿干什么？何开来说，不知道。丁伟没看见女人，有点不甘心，就一直在等，但是过了十点，柳岸还没回来，丁伟很失落地骂了一句脏话，就回去了。

柳岸到了凌晨一点才回来，这个时间，对何开来也不算晚，他还在看电视，所以柳岸这个时间回来，他也没有任何感觉，他继续在看电视，连头也不抬一下。

柳岸说，你还没睡？

何开来顺口说，等你呀，你没回来，我哪敢睡。

柳岸说，这话我还是蛮喜欢听的。

何开来是说着玩的，但柳岸的口气却很正经，何开来就没法再胡说了，抬头看了看柳岸，发觉她的脸竟异常的伤感，其中又混杂着疲惫和兴奋。何开来说，你怎么了？

累死了。柳岸吐了一口长气，在另一张沙发上坐下，又重复说，累死了。

何开来应该问她为什么累死了，但何开来什么也没问，他握着遥控器连续换了三个频道。

柳岸莫名的就有一股怨气，说，何开来，你一点儿也不懂得关心人。

何开来又换了一个频道，说，对不起，你要我干什么吗？

柳岸说，我不要你干什么，你也不关心一下我晚上去哪儿了。

何开来说，嗯，你晚上去哪儿了？

柳岸说，我的法国男朋友回来了，住在昆仑饭店，我去看他了。

何开来说，好啊，难怪连手机也关了。

柳岸说，你找我了？

丁伟来看你了，等了很久。何开来说着，突然像贼似的朝柳岸偷看了一眼。

柳岸对丁伟似乎毫无反应，说，你这样看我干吗？

何开来说，没干吗。

柳岸说，是不是怀疑我和男朋友……

74

何开来说，是啊，男朋友来了，而且是从法国回来，也不陪他过夜，还回来干吗？

我们是有爱无缘。柳岸说了就拿双手遮住脸部，大概是表示她正在伤心，不想让人看见。这样，何开来看见的就是她的一双手了。大约过了一分钟，柳岸在手掌后面说，你想听我的故事吗？因为隔着手掌，柳岸的声音显得压抑、低沉，简直就是呜咽了。

何开来害怕这种声音，赶紧说，当然想听了。

柳岸松了手说，我四岁就爱上他了，你相信吗？

何开来摇头说，我不相信。

柳岸说，真的，他比我大十五岁，我四岁的时候，他抱着我玩，我就很有感觉，我的记忆是从他开始的。

何开来说，我不懂。

柳岸说，我自己也不懂。他是我表哥，我十二岁那年，他结婚了，我妈妈带着我参加他的婚礼。我看见他挽着新娘，我上前也要他那样挽着，他就一手挽着新娘一手挽着我，但是，他把我当小孩，一会儿就不理我了，我感到特别绝望，一个人走到了外面，外面就是河，我眼一闭就跳了下去。至今他们都以为我是不小心落水的，其实我是自杀。

说到自杀，柳岸的眼睛亮了，眼睫毛一闪一闪地在跳，显然，自杀是一件很激动人心的事情。柳岸好像怕何开来不相信，又强调说，真的，当时我就是想死。

何开来说，你这不是恋爱，这是恋父情结。

柳岸说，你不懂，不要乱说。

何开来就不说了。

柳岸又拿手掩了脸，很孤独的样子，等她拿开手，何开来看见她的脸上挂了两行眼泪，眼泪是从内眼角溢下的，一直滑到嘴角，然后转了个弯，消失了，可能是滑进了嘴里。

何开来说，你怎么哭了？

柳岸恼怒地说，你别管我。

柳岸这个态度，好像是何开来惹她哭的，何开来觉着他并没有做错什么，他看了看柳岸，索性溜回了房间。

不一会儿，何开来听见了柳岸洗澡的声音，就是说，她已经不哭了。何开来就觉得他溜回房间是很正确的，如果他看着她哭，没准柳岸就会哭个没完，女人基本上都是这样，那是很无聊的。

柳岸洗了很长时间的澡，起码比平时长两倍的时间，何开来听着流水的声音，就睡着了。但后来又被柳岸叫醒，柳岸边敲门边叫，何开来，你睡了？何开来说，睡了。柳岸说，你不要睡。何开来说，不睡，干吗？柳岸说，你不要睡，起来。何开来只得起来，开了门，何开来立即感到有股香气朝他袭来，那是某种香水的气味。柳岸穿了一件睡衣，半透明的，何开来半闭着眼睛，刚要睁开，又很有礼貌地闭上了。柳岸说，我不要你睡，我要你陪我。何开来嗯了一声，忽然觉着鼻子发痒，很想打一个喷嚏，但是，朝女人打喷嚏是极不雅观的，何开来就拼命忍着，痛苦得连眉毛也皱了。柳岸见他这样，不客气地责问，你是不是讨厌我？不是的。何开来连忙说，这一说，喷嚏就忍不住了，何开来转身背着柳岸打了一个响亮的喷嚏。

何开来说，对不起。

柳岸说，没关系，打喷嚏还是可以原谅的。

打了喷嚏，何开来对香水就没感觉了，何开来说，你睡不着啊。

柳岸说，你不是明知故问吗。

何开来说，是明知故问，你晚上真的不应该回来。

柳岸说，不说了，我跟他已经没有关系，都结束了。

何开来说，那就结束了。

柳岸说，你是不是很高兴？

何开来想，我为什么很高兴？这跟我有什么关系。但何开来还是说，当然很高兴，你们结束了，我就有机会啦。

柳岸说，你真的喜欢我？

何开来说，喜欢。

柳岸说，我也喜欢你。

柳岸说着，气就有点喘了，而且合了眼，明显是一种等待的姿势。何开来这才觉着不好了。当然，亲她一下，然后做一次爱，也不是不可以，但是，柳岸刚刚和男朋友分手，她心里难受，想随便找个男人替代一下，何开来若是合作，就成代用品了。何开来代人喝过酒，代人写过文章，甚至代人擦过屁股，但代人做爱，还确实没有做过。当然，代人做爱也不是不可以，一般来说，代人做事，总是一种奉献，如果你愿意。何

77

开来，你愿意吗？何开来这样问自己，但是没人回答。何开来真是感到左右为难了。

柳岸等急了，或许是等烦了，说，何开来，你不想亲我吗？

想不了了之是不行的，何开来必须表态了。何开来说，想，当然想，但是……

柳岸说，但是……什么？

何开来说，但是，你会后悔的。

柳岸说，我不后悔，我喜欢你。

何开来说，是吗？

柳岸说，你不知道吗？你这个傻瓜。

你今晚脑子不清楚，睡觉去吧。何开来一只手搭着柳岸的肩膀，推了推她，但柳岸站着不动，何开来另一只手又搭着她的另一个肩膀，轻轻地但坚决地把她推回了自己的房间。睡吧，好好睡吧。何开来不等她回答，就带了门出去。

何开来回到床上，想再睡时，却发现一点儿睡意也没了，而且，他的身体似乎也在抗议，他为什么不和柳岸做爱？事实上，做一次爱比拒绝做爱更简单一些，他没有理由拒绝的，当然，反过来说也是可以的，我为什么要和她做爱，不做不是更好吗？是的，不做更好，一个男人和一个女人，用生殖器把他们连在一起是很可笑的。当然了，这些都是托词，仅仅是一种说法，问题的实质是他不想和柳岸做爱。

这就很没意思了。

五

　　这个晚上，对后来还是有影响的。此后的几日，何开来就不愿见柳岸，大部分时间待在学校，可是，同居一屋，不见面是不可能的，何开来见了柳岸，说话就相当慎重了，再也不敢胡言乱语。倒是柳岸，好像什么事也没有，洗了澡，照样穿着睡衣往何开来房间跑，追着问，你好像在故意躲着我。何开来说，没有啊，我在做一本书，到处找资料，很忙。柳岸说，你就是在躲着我，好像我要吃了你似的。柳岸说着，龇牙咧嘴做了一个吃人的动作。何开来说，你别吃我，我的肉不好吃，酸。柳岸说，算你有自知之明，你的肉肯定很酸，不过，我还是喜欢吃酸的。何开来说，那你的法国男朋友一定是酸死了。柳岸说，你吃醋了？虽然是问号，但柳岸的语气是很肯定的。何开来刚想说当然吃醋了，但立即又忍了回去。那一忍就像真吃了醋，表情是酸的，柳岸看着何开来，满意地说，你不用吃醋，我跟他没关系了，我喜欢的是你。何开来说，不可能的，我还不够酸，你不会喜欢的。柳岸说，你够酸了，你只是嘴上流氓，骨子里是个很酸的酸文人，那个晚上……柳岸停顿了一下，脸忽然红了，她看了何开来一眼，脸又不红了，那表示羞涩的红，似乎是从别的地方飘过来的，在她的脸上意外地停了一下，又立即飘走了。柳岸继续说，那个晚上，我是想跟你做爱的，我真的很伤感，就想随随便便做一次爱，不管跟谁，但是，你没有乘虚而入，你是个君子，如果你跟我做了，第二天我可能就很讨厌你。你从我房间出去的那一瞬间，门响了一下，我产生了一种震动，全身都震动了，那比做一次爱更强烈，我知道，我真的喜欢上你这个酸文人了。

何开来说，我不是君子，你搞错了。何开来确实觉着他不是君子，君子应该是想做爱的，但因为某种理由忍着不做，就是说君子的前提是忍，而何开来是根本不想做。

柳岸说，我没搞错，你别想躲着我，我会追你的，直到把你追到手。柳岸是笑着说的，有点像玩笑，所以何开来也不用表态，柳岸说完，就笑着回自己的房间了。

现在，何开来被女人追求了，而且是一个比男人更直接的女人。何开来的感觉是不习惯，在男女方面，从来都是何开来追求女的，然后由女人说好还是不好，现在颠倒过来，何开来的男性角色似乎受到了挑战。何开来简直是想逃跑了，何开来想，我是不会找柳岸这样的女人的。

那段时间，何开来确实很忙。他在做一本书，叫《成功学》，这到底是什么学问，何开来也不知道。他只要照书商的吩咐，收齐资料，再略作改动就行了。何开来忙了半个月，花了几百元的资料费，书就做成了。何开来打电话给书商，准备一手交货，一手拿钱，不料书商说，《成功学》他不做了。何开来说，为什么？书商说，有人抢先做了，市面上已经有好几本《成功学》。何开来说，可是我已经做了，单是资料费就花了好几百。书商说，没关系，那几百元下次合作的时候，补偿给你。何开来放了电话，觉着被书商耍了，但他拿书商也没有办法，他们之间没有任何协议，书商对他这样的雇工可以为所欲为，就算书商把他耍了，他也没脾气，毕竟他的生计是完全依赖书商的。何开来看着他花了半个月做成的《成功学》，现在成了一堆真正的狗屎，就愤怒地把它撕烂了，碎片从房间扔到客厅，满地都是，何开来又踩上几脚，好像报复了书商似的，狠狠骂道，我×你妈！我×你妈！

这件事，对何开来是非常严重的，拿不到钱，可怎么生活。何开来垂头走出了地下室，外面很亮，他觉着脑袋搁在脖子上有点重，他就那么垂着头，走到了三角地，那儿有许多各色各样的广告，媒体招聘的、公司招聘的、租房的、找家教的，何开来来回看了两遍，抄了几个电话号码，又垂着头回到房间。何开来想，去媒体当个记者或者编辑，也不错。就打电话，对方说，你是北大的？何开来说，嗯。对方说，哪个专业的？何开来说，中文的。对方说，本科的？还是研究生？何开来硬着头皮说，都不是，我是旁听的，但是……对方一听是旁听的，就不让他再说了，对不起，我们不招旁听的。何开来没有勇气再打第二个电话，他朝扔满了碎片的地上翻了翻白眼，索性躲到了床上，好像只要睡上一觉，就可以完美地解决生计问题。

柳岸回来，看见扔了满地的碎纸片，以为何开来出了什么事，惊慌地大叫，何开来！何开来！何开来躺在床上，听到了柳岸的叫喊，但他只想一个人躺在床上，柳岸的叫喊只当是没听见。可是，柳岸急促地敲门了，接着简直是捣了，何开来不开门是不行了。

柳岸喘着气说，你在睡觉？

何开来说，在睡觉。

柳岸说，出什么事了？

何开来说，没什么事。

柳岸说，看你这样子，好像不想跟我说话？

何开来耸了耸肩，说，对不起，我有点烦。

柳岸说，那我说点儿高兴的事情你听，我碰到任达老师了，他请我喝了咖啡。

何开来说，他请你喝咖啡，我有什么好高兴的？

柳岸说，任老师问我住哪儿，我说跟何开来同住一屋，他想象不出我们是怎样同住一屋的，以为我们是同居，他说了你很多好话。

何开来说，什么好话？

柳岸说，他说你很有才华，小说写得很好，以后要成大器，还说我们住在一起也很好，金童玉女，才子佳人。

任达教授夸他是才子，何开来还是很高兴的。

柳岸说，高兴了吧，任老师还问你最近在做什么。

做什么？何开来指着地上的碎片说，就做这个。

柳岸这才发现地上的碎片是他刚做的《成功学》。是你自己撕的？

何开来说，是的。

为什么撕了？

本来就是垃圾，不撕了干吗？

撕了好，撕了好。

柳岸好像是在祝贺，何开来说，好什么好？

你应该好好写小说，你不应该做这种东西。

不做这种东西，我靠什么生活？

写小说啊，等你小说出版，钱就滚滚而来了。

这确实是我的梦想，可是，我还没写，就先饿死了。

有那么惨吗？

就那么惨。

我不会让你饿死的。

何开来长叹了一声，说，我得走了，我不能在这儿再待下去了。

你要去哪儿？

我不知道。

你不愿意跟我同住了？

不是的。

那你为什么要走？

不走，我靠什么生活？

我不会让你走的。

那你养我？

对。

你养我干吗？还不如养一条狗。

我喜欢，你比狗可爱。

柳岸跑进房间，随即手里抓了一把钱出来，送到何开来面前，说，一千，你先拿着。

何开来说，干吗给我钱？

给你用啊。柳岸说，然后，几乎是命令了，从明天开始，你就好好给我写小说，什么也不用管。

你还真的养我？

你不接受？

我没有理由接受。

你真酸，我只是不想让你的才华浪费在书商身上，等你成了著名作家，可别忘了我。

原来你还是挺喜欢作家的。

那当然，我是中文系的研究生，不喜欢作家，喜欢谁？

你是中文系的研究生？何开来想，你不说这一句多好啊。

你想什么？

没想什么。

你想了。

没想。

何开来想，幸好你不知道我在想什么。

柳岸说，那就把钱拿上。

何开来说，好吧，你不妨把我想象成一家公司，这是你的投资，会有回报的。

柳岸说，谁稀罕你的回报。

有一个女人愿意帮你，当然是不错的，而且柳岸的做法，完全符合才子佳人的古典模式，何开来就准备写小说了。何开来把自己关在房间里，想了三天，却一个字也没有写出来，这三天，他只是坐在电脑面前发呆，脑子一片空白。何开来就有点急，觉着他其实是不会写小说的，他一点儿也想不起原来的那几篇小说是怎么写出来的。这事情就有点严重，他来北大旁听，本来就是准备当作家的，结果是发现自己不会写小说，那感觉就像自己打了自己一个耳光。更糟糕的是柳岸已经把他当作一个才子了，连看他的眼神也有了几分崇拜的意思。这三天，柳岸甚至比何开来更关心他的写作，柳岸平时并不自己烧饭，她和何开来都去食堂吃，但是，为了何开来的写作，柳岸开始自己烧饭了，夜里还专门为他烧一次夜宵，何开来几乎成了她唯一的生活中心。柳岸这样做，也是很有成就感的，养一个才子在房间里写作，无论如何是一件相当崇高的事情。

如果何开来的写作顺利，自己也觉着是个才子，那他接受柳岸的关心也就心安理得，可是他一个字也没有写出来，看见柳岸，不觉就心虚了，尤其是当柳岸问他写了多少字，何开来只好支吾说，没有多少字，还没有进入状态。

第四日，何开来坐在电脑面前继续发呆，不知怎么的，柳岸居然溜到了他背后，也不知道她是什么时候进来的。何开来发觉时，她正站在背后窃笑，何开来像是见了鬼，有点恼火，同时又有点紧张，一时就不知道怎样反应，简直是不知所措了。柳岸说，你这么紧张干吗？不就是我站在背后嘛。何开来说，我不是紧张，我是奇怪，你是怎么进来的？门是关着的啊。柳岸说，我是小妖精，穿墙而入的。何开来说，你站在背后干吗？柳岸噘着嘴，做出很迷人的姿态说，看你写作。何开来看着她的嘴，立即就想到做爱方面去了，说，写作怎么能看？写作和做爱一样，都是很隐秘的，不能看的。柳岸说，是吗？柳岸抑制不住就笑了起来，以至于她说的第二个"是吗"，被笑声拖得很长，含含糊糊的不像是说话，而像是呻吟了。这样的笑总是有感染力的，而且柳岸没有停止的意思，笑得腰都软了，无法支撑了，暂时只能趴在何开来的肩上，两个乳房刚好也搁在了何开来的肩上，何开来就是通过乳房感受她的笑声的。柳岸的笑似乎不是从嘴里发出的，而是从乳房发出的，她的乳房在肩上笑得颠三倒四的，似乎随时要掉下来。何开来一伸手，就抓住了乳房，柳岸立即爆发出一声短促的尖叫，好像乳房被抓破了似的，然后顺势倒了下来。

如果不是柳岸在关键时刻说了那么一句话，何开来和柳岸肯定就做爱了。何开来已经在柳岸的上面，但是，柳岸好像要明确这次做爱的方向，突然开始了宏大叙述。柳岸说，我爱你。何开来说，嗯。柳岸说，我要嫁给你，做你老婆。何开来说，嗯。柳岸说，我不读研究生了，就做你老婆。听到这句话，何开来的身子就僵在上面，不动了，好像一架机器突然断了电。柳岸说，怎么啦？何开来说，没了。没事的，没事的。柳岸微笑着，并且伸手来挑逗，可是，何开来就是没了，无论怎么挑逗也没用。柳岸叹气说，怎么就没了呢？何开来不好说都是被你恶心的，那就只有自贬了，穿了裤子，说，我确实是不行的。柳岸说，你是不是太紧张？何开来说，是的，我想写东西的时候，总是特别紧张。柳岸很大度地说，那就等你写完东西再来吧。

何开来对这次失败的做爱还是耿耿于怀的，他先是在心里责怪柳岸愚蠢，不该在这么关键的时刻说这么愚蠢的话，继而又觉着自己是不是有病。他为什么对柳岸的研究生身份那么敏感，她不是研究生有什么关系，他是跟女人做爱，又不是跟研究生做爱，柳岸的研究生身份虽是假的，但是，千真万确，作为一个女人，柳岸绝对不是假的，而且是个相当不错的女人。这么说来，这次失败的做爱，何开来应该负有主要责任。无论如何，他至少犯了两个错误，第一，他不该伸手抓柳岸的乳房，即便她的乳房在他的肩上像桃子一样掉下来，也不该伸手去抓；第二，既然他伸手抓了柳岸的乳房，就不该阳痿，不管是什么理由，都不该阳痿，在女人面前阳痿，是极不道德的。

何开来想，我不只是写不出东西，连做爱也不会了。这么一想，何开来就有点烦躁。他不想坐在电脑面前发呆了，想出去走走。何开来沿墙走到东门，然后穿过未名湖，来到了西门，何开来好像很有目的，其实他根本不知道自己来西门干什么。他在门口站了五分钟，看见对面的发廊，何开来伸手摸头发，很长了，现在，何开来知道他来西门干什么了，他要理发。

理发的结果很是出人意料，洗头的时候，小姐俯在他耳边说，先生，做一次按摩吧。何开来情绪还很低落，不说好，也不说不好，小姐就算他默认了，把他带进了按摩室。何开来躺在床上，让小姐在他身上乱摸，何开来的身体渐渐放松开来，竟然充满了欲望，接着就是何开来在小姐的身上乱摸了，好像做按摩的是他，享受按摩的是小姐。小姐说，先生，你想要我？何开来说，嗯。小姐说，那要另外加钱的。何开来说，嗯。小姐说，三百。何开来说，嗯。其实，此刻，何开来的脑子里并没有钱的概念，他是在完事后，才想起他是个穷光蛋，嫖娼对他来说，是很奢侈的，他是拿着柳岸的钱来嫖娼的。他没和柳岸做爱，却拿着她的钱来嫖娼了，这是一件奇怪的事情，何开来被自己搞糊涂了。完了事后，他就坐在那儿呆想，我为什么那样做？我为什么那样做？我为什么啊？小姐见他这样，说，先生你不满意吗？何开来说，不，我很满意。小姐说，那么下次再玩。何开来说，好的。小姐说，我给你呼机号码，下次你想玩的时候，呼我。何开来说，好的。

从发廊里出来，何开来还是相当困惑，他又问自己，我为什么那样做？好像那样做的并非自己，而是另外一个人，一个他不熟悉的完全陌生的人。

六

柳岸对何开来还是那么好。一个想跟你做爱还没有做成的人，对你总是很好的。何开来一直没有搞清楚他为什么不和柳岸做爱。他关在房间里，好像已经不是为了写作，而是躲避柳岸。此后的十几日，他照样一个字也没有写出来。写不出东西是很难受的，比性压抑还难受。何开来无聊地天天在电脑上挖地雷，或者玩扑克牌。何开来很害怕被柳岸看见，就像一个怠工的职员害怕被老板看见。何开来把门锁上，轻易不让柳岸进来，但柳岸还是看见了。柳岸看见何开来没有写作，而是在玩，脸就拉下来了，训斥说，你没在写？何开来不敢看柳岸，盯着电脑说，写不出来。柳岸说，你根本就没在写。何开来说，写不出来才没写。柳岸说，你没写，怎么写得出来。何开来说，别说了，别说了。但是柳岸还要说，你为什么不写？何开来垂了头，没有回答。柳岸说，我不许你在电脑上玩这么无聊的游戏。何开来说，嗯。柳岸说，你反正不写，就陪我出去走走吧。何开来想了想，摇头说，不，不想走。

柳岸转身回了自己的房间。不一会儿，何开来看见柳岸挎着包气鼓鼓地出门了，才抬头嘘了一口长气，好像是解放了，但随即他又发现，心里的闷气并没有嘘出去，反而是更加郁闷，连挖地雷的兴致也没了。他从电脑前站了起来，在房间里走来走去，好像在思考的样子，何开来想，怎么就写不出来。他茫然地看着墙壁，觉着自己的脑子就跟墙壁一样，一片空白，什么也没有，一无所有。

其实，何开来这个比喻是不准确的，墙壁并非一无所有，是有东西的，上面停着一些正在睡觉的蚊子。后来，何开来看见了，精神为之一振，他去客厅找了苍蝇拍，很有快感地打死了好几只蚊子。有几只趁机逃到了客厅，何开来追到客厅，开了灯，又看见更多的蚊子，何开来几乎是兴奋了，足足打了好几十分钟。回到电脑前，何开来竟有些莫名的兴奋，不停地把桌子的抽屉拉来拉去，好像这也是很有快感的一种运动。这期间他看见了一张纸条，上面写着一个传呼号码，一时想不起是谁的了，何开来就停止了拉抽屉的动作，专心想这是谁的传呼号码，但想了许久也没有想出来，就在他不再想的时候，突然又想起了这是发廊小姐的传呼号码。何开来又非常奇怪，他不和柳岸做爱，却当了一回嫖客，他怎么跟发廊小姐做爱了？这事情就像他没跟柳岸做爱一样，也是糊涂得很，不过，有一点是肯定的，柳岸在关键时刻使他丧失了欲望，发廊小姐却成功地勾起了他的欲望。这么一想，何开来似乎也就想通了，想通了的何开来，想都不想就呼了发廊小姐一次，等回电这会儿，他试图回忆一下小姐是什么样子的，但一点儿也想不起她是什么样子的了，何开来觉着极其好笑，好像上回的不是小姐，而是空气。

　　小姐很快回电了，小姐说，你好。何开来说，你好，我是某某。小姐说，哦，大哥啊，你想我了？何开来说，是啊。小姐说，过来玩吧。何开来拿着电话，愣了愣，说，还是你来我这儿吧。

　　何开来一点儿也不知道他为什么要把小姐叫到自己的房间，他只是愣了愣，就把小姐叫到了自己的房间。从结果看，他是想把自己和柳岸的关系搞糟。可是，这对他又有什么好处。小姐进屋时，何开来已经不认识了，他很陌生地看着小姐。小姐说，怎么？大哥，不认识了。何开来只得说，哪里，

90

哪里。小姐微笑着偎了过来，替他解了衣服，在他身上轻轻地按摩，何开来又觉着身体渐渐放松了开来。做完事情，小姐上卫生间时，不料柳岸刚好从外面回来，如果柳岸晚回来五分钟，大约小姐就走了，但柳岸刚好早了五分钟回来。看见小姐，柳岸站在门口就不动了，小姐显然也被柳岸弄得惊慌失措，来不及上卫生间，就逃回了何开来的房间，低声说，有个女的。何开来最初的反应就像偷情被老婆抓住，也是惊慌失措，但他毕竟是男人，马上就镇定了，说，没关系，是同屋。小姐说，可是，她站在门口，很凶的。何开来说，不会吃了你的，我送你出去。

何开来送小姐出门时，柳岸确实还在门口站着，一副要吃人的样子，小姐几乎是夺门而走的。

何开来说，你回来了。

柳岸冷笑了一声，哼。

何开来说，你站在门口干吗？

柳岸又冷笑了一声，哼。

柳岸这个态度，何开来就不知道怎么说了。

柳岸又哼了一声，然后开始审问，她的声音是嘶哑的，好像已经哭过了，柳岸说，刚才这个女人是你的什么人？

何开来说，朋友。

什么朋友？

很一般的朋友。

哼，很一般的朋友？我看你们很不一般，她是干什么的？

我不太清楚。

你不清楚，要不要我告诉你她是干什么的？

她是干什么的？

柳岸轻蔑地说，她是个妓女。

何开来太吃惊了，吃惊得脸色都灰了，脱口而出，你怎么知道？

柳岸说，她一看就是个妓女。

何开来语无伦次地说，哦。

柳岸说，她真的是妓女？你承认了？

何开来这才发觉自己上当，但已经迟了，他把脸涨得血红，想说点儿什么，结果什么也没说出来。

柳岸说，你居然把妓女带到房间里来，你等着瞧吧。

柳岸当然不再给何开来烧饭、拖地、洗衣服，这是可以想到的，这些不算，她让何开来等着瞧的主要内容是，她每天都带一个男人回房。柳岸下午出门，晚上就带着一个男人回来，一天换一个，那么多男人，也不知道她从哪儿找的。柳岸的打扮也不同寻常，她穿着开胸很低的衣服，露三分之一乳房在外面，裙子又极短，似乎整个大腿都毫无遮挡，脸上擦了粉，涂了口红、眼影，浓妆艳抹的，比色情场所的小姐还要俗艳，然后挺着胸示威似的出门。柳岸第一夜带回来的男人是个老头，头发都白了，大概是个教授，柳岸虽然故意叫得很响，但老头明显不行，何开来听见老头不停地在道歉，对不起，对不起；柳岸第二夜带回来的男人，操着日语，大概是日本人；柳岸第三夜带回来的男人，是个胖子，全身都是肉，他的喘气声比柳岸的叫声还响，好像他马上就要断气了，死了；柳岸第四夜带回来的男人，是个会说中文的美国人，这家伙一直在叫；柳岸第五夜带回来的男人……柳岸这样做，大概以为就是狠狠惩罚了何开来。实际上，柳岸的目的确实也达到了。柳岸一上床就大呼小叫，何开来在隔壁听着她叫床的声音，根本无法睡觉，脑子里全是她和男人做爱的动画，好像中间这堵隔墙是不存在的，他就站在柳岸的床前，看着他们做爱。何开来觉着快要被柳岸逼疯了。

因为睡不好觉，何开来越发变得沮丧、抑郁、萎靡不振，何开来不得不找柳岸交涉了。

何开来说，柳岸，我们谈谈。

柳岸说，谈什么？

何开来说，你越来越漂亮了。

柳岸说，是吗？

何开来说，是的，这证明做爱并不是虚无的，至少有美容的功能。

柳岸说，这个不用你说，我知道。

何开来说，我很高兴你有那么多男人。

柳岸说，怎么了，只许你们男人乱来，我们女人就不行？

何开来说，行，都行，但是，你影响了我，你叫床的声音太响了，你吵得我睡不着觉。

柳岸说，不叫床，还有什么意思，我就是要吵得你睡不

93

着觉。

何开来说，不开玩笑，我是很严肃跟你说的，我从来没有这么严肃过。

看何开来这么严肃，柳岸又羞又怒，说，那你想怎么着？

何开来说，如果你继续这样，那我们就不能同住一屋了，要么你搬走，要么我搬走。

柳岸说，你以为我想跟你同住一屋？你先说吧，你是不是有钱继续租这个屋子。

何开来说，这个不用你管。

柳岸说，哼，别忘了你还欠我一千块钱。

何开来说，我还你。

柳岸就等着何开来还她钱，可是这一千块钱基本上用在小姐身上了，何开来只好说，我现在没钱，我去借钱还你。

何开来出了门，脑子里搜索着到底可以向谁借钱，他第一个想起的人是任达教授，然后把所有的熟人都盘点一遍，最后还是回到任达教授，算起来他和任教授的关系比较好，而且任教授对他颇为欣赏，向他借钱一定是没问题的。但如何开口却是问题，何开来忽然想起了沈从文，他在北大旁听时也曾向郁达夫求援，郁达夫请他吃了一顿饭，好像还送了他五块大洋。沈从文的故事给了他很大的勇气，其实，借钱并不丢脸，若是日后成为名人，甚至就是一则佳话了。何开来这样安慰自己，就给任达教授打了电话，任教授高兴地说，何开来啊，很久没见你了，我们找个茶馆聊聊，我请你。

任教授一见面就兴致勃勃地问他和柳岸同居的生活，任达还记得柳岸在他的课堂里尖叫"现在的男人全都精神阳痿"。和这样的女孩同居一屋，一定是很有意思的。任教授说，我见到柳岸了，真羡慕你啊。任达向来是这样无拘无束的，何开来想说这种生活只是在想象中有意思，其实也没什么意思的，但任教授那么有兴致，免得扫兴，就不说了。何开来和任教授在茶馆坐了两个小时，除了同居生活，自然也谈文学，直到结束，何开来也没敢开口问任教授借钱，有几次都说到嘴边了，又忍了回去，原来向人家借钱是很难说的。

回到房间，柳岸见了何开来，不客气地说，何开来，你借到钱了吗？

何开来说，对不起，还没有。

柳岸说，那你什么时候还我钱？

何开来说，你给我一点时间。

柳岸说，我给你的钱，你是花在小姐身上的吧。

何开来恼怒地说，是的，又怎么样？

柳岸说，我给你一个赚钱的机会，你干不干？

何开来说，什么机会？

柳岸说，你陪我睡觉，一次一千。

何开来说，你有那么多男人，还要我干吗？

柳岸说，我就要你，一次一千。

何开来说，别开这么无聊的玩笑。

柳岸说，不是玩笑，我说真的，你找小姐要花钱，对吧，

95

我要你，我也花钱。

何开来说，柳岸，我不过欠你一千块钱，别这样侮辱我。

柳岸说，我不认为这是侮辱，你找小姐，你认为你是在侮辱小姐吗？

何开来说，你说真的？

柳岸说，我说真的。

何开来愤怒地说，干，我干。

何开来一把抓过柳岸，扔到床上，又一把撕了她的衣裙，奇怪的是柳岸并无反抗，何开来愤怒地进入的时候，看见躺在下面的柳岸，哭了。

灯火

一

　　胡未雨发现她的丈夫丁小可原来只是个废物，看上去很随意，其实是厚积薄发，偶然得之。那天，胡未雨五岁的女儿丁丁，捧着一本什么儿童读物，丁丁在书上遇到了"废物"这个词，她不明白，问，妈妈，妈妈，废物是什么意思？

　　胡未雨说，废物，就是没用的东西。

　　丁丁说，那什么东西是没用的？

　　胡未雨说，没用的东西多啦。比如垃圾，没用吧；你撒的尿，没用吧；还有你爸爸，没用吧，也是个废物。

　　丁丁开心地说，啊，哈，爸爸也是废物啊。爸爸跟我的尿一样。

　　胡未雨跟着也开心地笑起来。

　　丁丁想想又不放心，问，爸爸真是个废物？跟我的尿一样？

　　胡未雨笑着说，你爸爸除了下棋，什么也不干，有什么用？他还不如丁丁的尿，丁丁的尿香。

这段问答发生时间应该在下午五点半左右、胡未雨下班之后。胡未雨在女儿面前这样损她的爸爸，并不符合她平时的言行举止，她是个相当严肃的女人，不擅长开玩笑，尤其是在只有五岁的女儿面前胡说八道。这表明，胡未雨关于丁小可是个废物，只是个突发性的意料之外的不可预测的比喻，所以胡未雨自己也笑了。但是，笑过之后，胡未雨又严肃起来，觉着自己不经意间说中了，丁小可确实是个废物。这么一想，还真的勾起她的鄙视来。丁小可没回家，他肯定又没去上班，在楼下的茶馆里下棋，若是上班，他早就回来了。对于丁小可，胡未雨想，最好是别想他，就当他是不存在的，只要一想起，心里就难免鄙视，那鄙视就像窗外的风，只要窗户稍微拉开一道缝，就无端地潜入进来。

丁小可端着棋盘和围棋盒子回家的时候，丁丁跳上前炫耀说，爸爸，我知道你是个什么东西了。

丁小可说，我是什么东西？

丁丁说，你是我撒的尿。

丁小可说，不对，一点儿也不像。

丁丁说，我撒的尿是废物，你也是废物，所以，你是我撒的尿。妈妈说的，妈妈说你还没我的尿香呢。

丁小可就吃惊地看着自己的女儿。胡未雨感到问题有点严重，赶紧说，丁丁，妈妈跟你开玩笑，以后不许这样跟爸爸说话。

丁丁不服气说，爸爸真的没用，他什么也不干，只会下棋，我确实觉得爸爸是个废物。

好，好，爸爸是个废物。丁小可瞪了一眼女儿，对自己的女儿，他除了瞪眼，也没办法。但他可以朝胡未雨发脾气，一会儿，丁小可说，你就是这样教女儿的？我开玩笑。开玩笑？丁小可咽了一口气说，我知道我是个废物，但你这样教女儿还是不妥吧，对女儿，最好不要让她知道她的爸爸是个废物。胡未雨看着丁小可说，你也承认你是个废物了？丁小可说，当然，我不是废物是什么？所以你觉得连女儿也伤了你的自尊？是的。胡未雨又看了一眼丁小可，说，那好吧，我让女儿向你道歉。

丁丁早忘了刚才说了些什么，她趴在沙发上看书，不停地撅着小屁股，那样子就像胡未雨想象的，是个天才。胡未雨说，丁丁，你起来，别看了。丁丁没有听见。胡未雨又说，丁丁，你知道你刚才做错了什么？丁丁的脸从书上转过来，妈妈，你说什么？胡未雨说，我问你，你知道你刚才做错了什么？丁丁使劲地摇头，表示她不知道做错了什么。胡未雨说，你刚才那样跟爸爸说话，是不对的，爸爸生气了，你应该向爸爸道歉。丁丁坐了起来，说，我没说错，我不道歉。胡未雨笑了笑，对丁丁非常满意，觉着丁丁已经开始有个性了。但她还是把丁丁拉到了丁小可面前，说，丁丁是好孩子，丁丁向爸爸道歉。可是丁丁不听诱导，无视"好孩子"的荣誉称号，她仰着脸像个大人似的责问，爸爸，你为什么要我道歉？丁小可

101

没想到女儿会追问道歉的原因，其实他也没要求女儿道歉，是胡未雨要女儿道歉的，丁小可就不知道怎么回答女儿的问题。丁丁又问，爸爸，你是个废物，不对吗？丁小可说，你觉得对吗？丁丁坚定地说，对，你就是个废物。丁小可也不知道哪根神经被触动了，就赏了女儿一记响亮的耳光。丁丁不能理解爸爸不是跟她讲道理，而是动手打她，丁丁嘴一撇，就号啕大哭起来。

胡未雨一边安慰女儿，一边鄙夷地说，你真有出息，跟孩子过不去。

丁小可没有理睬老婆，站那里莫名其妙地看着女儿哭，其实他也不知道怎么就打了女儿一记耳光。他似乎没想过要打女儿，那只手在没有接到任何指令的情况下，就擅自打了女儿一记耳光。

丁丁挨了一记耳光，夜里，就要赖似的发起高烧来，尤其是被丁小可打过的半边脸，一片潮红。这可吓坏了胡未雨，胡未雨抱怨说，都是你。丁小可说，跟我有什么关系？你不打她，她会发烧？我打她，可是跟发烧也没有关系。当然有关系。接着胡未雨命令说，你送她上医院。丁小可上窗前往窗外看了看，说，外面下雨，明天吧，没事的。说着丁小可就一副没事的表情去书房摆起棋谱来。

如果丁小可不那么无聊地去摆棋谱，胡未雨也许不会发火。但她一听见棋子敲打棋盘的声音，气不免就从喉间涌上。胡未雨站在书房门口，大声说，丁小可，你到底送不送女儿上

102

医院？丁小可伏在棋盘前，头也不抬说，不是说过了，明天，没事的。

一会儿，丁小可听见了自家铁门发出的一声巨大声响，丁小可被声音震惊，夹在左手食指和中指间的一粒白子好像也受到了惊吓，啪的一声掉到了棋盘上，白子在棋盘上跳了几跳，又啪的一声掉到了地上。丁小可对棋子是很珍惜的，有点心疼地捡起白子，捏在手心里，不耐烦地走出书房，发觉胡未雨和丁丁都不见了，丁小可嘴里咕噜着讨厌，只好下楼来追赶胡未雨。

胡未雨一手抱着孩子，一手撑着雨伞，站在路边，雨伞外面都是雨。丁小可缩着脖子走过去，好像他这样缩着脖子，雨就不淋他了似的。胡未雨看着他缩着脖子，像条挨了打的狗那样跟来，心理得到了一种满足。我来抱吧。丁小可伸手的时候，手心里捏的白子掉到了地上，胡未雨低头看他手里掉下的是粒棋子，心理又得到了一种满足。丁小可捡起棋子，搓了搓，放入口袋，再次伸手来抱丁丁，但丁丁还记着丁小可打她一记耳光的仇，拒绝让他抱。丁小可就只能替胡未雨打伞。

这路段，平时出租车就少，遇上下雨，就更少。丁小可等了一会儿，街上除了绵绵密密落下来的雨，什么也没有，丁小可心里就烦躁起来，发牢骚说，我说明天嘛，你不信。明天，她就好了，没事找事，站这儿淋雨，舒服吧。胡未雨斜了他一眼，那目光就像被风吹动的雨，冷冷地落在丁小可脸上。胡未雨说，我又没叫你来，你不舒服，就回去。丁小可本来是想扔

103

了雨伞就回房摆棋的，但正好一粒雨打进了他眼里，刺了他一下，使他的注意力转移到了眼部，他拿食指擦了擦眼睛，决定还是忍了气陪胡未雨等候出租车。其实，他对胡未雨还是有几分害怕的，若是这时他发脾气走掉，想必胡未雨回来不会给他好脸色看。丁小可的决定应该是相当明智的。

后来终于等来了出租车。医院对发烧这种病最有办法了，就是挂盐水。胡未雨和丁丁坐在注液室里，说说笑笑，好像这是一种享受。可丁小可没事干，一瓶盐水滴完得两个小时，就是说丁小可得空等两个小时。这对他无疑是一种折磨，丁小可觉得被抛在了一个极其无聊的地方。注液室很热闹，大多也是父母带着孩子来挂盐水的。丁小可想，他们的孩子是否也是被打了一记耳光后才发烧的，结论显然不是，丁丁发烧跟他没有关系。但丁丁偏偏在被打了一记耳光后就发烧，丁小可觉得自己是让丁丁这小东西给耍了。丁丁与别的孩子不同，甚至可以说古怪，她不怕打针，她喜欢来医院挂盐水。那些不过加了点儿盐的盐水注入她的体内，似乎让她很兴奋。她靠在胡未雨怀里，歪着脸看着顶上吊着的盐水瓶，眼里充满了新鲜和好奇，嘴里跟胡未雨叽叽喳喳个不停，而对身边的丁小可，却不理不睬，像个她不认识的陌生人。丁小可看着正在挂盐水的丁丁，一点儿也找不到当父亲的感觉。事实上，他也不像一个父亲，他似乎一直遵守着一句格言：生孩子，何乐不为，养孩子，岂有此理。岂有此理的事情，丁小可当然不干了，丁丁实际上像个没有父亲的孩子。

丁小可无聊地踱到注液室门外，立在走廊上看雨，看医院里的雨是否与别处不同。他非常厌恶此地的气候，此地的气候就是天天下雨，医院的雨不但令人厌恶，似乎还带着死亡的气息。丁小可抽出一支烟点上，又摸出口袋里的白子，放手里揉了又揉，这动作似乎有缓解无聊的功效。丁小可每隔十几分钟回一次注液室，眼巴巴地盯着丁丁头上的盐水瓶。慢，真慢，太慢了。丁小可小声地自言自语着，但是没人理他。丁小可想，生活真是一种折磨啊。

更冤的是，丁小可这样空等了两个小时，胡未雨回家还是饶不了他。丁丁睡后，胡未雨开始算账。

胡未雨说，丁小可，你太不像话了。

丁小可说，我又怎么了？

胡未雨说，你一点儿也不关心丁丁。

丁小可说，不去医院挂盐水真的没事的。

胡未雨说，不是挂盐水的问题，是你一点儿也不关心丁丁。

丁小可不想辩解了，妥协说，嗯。

胡未雨说，你说说，你关心过丁丁没有？

丁小可说，嗯。

胡未雨说，你也该关心关心丁丁了，你这样下去，真的要连丁丁也看不起你了。

二

丁小可，夜里不到两点是不睡觉的，早上不到十点是不起床的，他又躲进书房摆棋了。我怎么会嫁给丁小可？胡未雨想，胡未雨想这个问题已经有些时间了。这个问题的结论应该很简单，就是她不应该嫁给丁小可，可实际上她已经嫁给了丁小可，这就有些让人想不通。

当初，胡未雨成功地成为丁小可的妻子，其实还费了不少心思，她是在击败好几个竞争者之后，才成为他的妻子的。这对她也算得一项成就。丁小可虽然并不英俊，但他对什么都不放在眼里，对什么都不在乎，看上去相当潇洒，像是个逸才。这对某些女孩来说，还是有魅力的。这种人跟他谈几天恋爱也是可以的，但跟他结婚就铸成大错了，可惜胡未雨在跟丁小可结婚之前，从没有结过婚，没有经验，不懂得有一种人是只可谈点恋爱而不可结婚的。

说起来都是那次该死的诗歌沙龙。在二十世纪八十年代，诗歌是不可缺少的，到处都在举办这样的诗歌沙龙，就像现在的卡拉 OK，许多人谈情说爱都是从诗歌开始的。谈的说的当然是别人的诗，如果某个男人自己也写诗，自以为是个诗人，那他的屁股后面很容易就跟着一打以上的女性追随者。嫁给诗人，那是女人做梦的时候想的。丁小可确实写过诗，也以诗人自居，刚好又坐在胡未雨旁边，他们就认识了。现在看来，所谓诗歌沙龙，不过就是一群乌七八糟的人聚在一间屋子里胡言乱语。当时，丁小可说了些什么，胡未雨一点儿也记不起来了，但丁小可总有什么地方吸引了她，可能是眼神吧，他那种懒洋洋满不在乎的眼神，看上去颇有才情。胡未雨刚从师范学院毕业不久，分到一所中学教书，在她的印象中，似乎所有的才子都是这种表情，胡未雨大约把他当作才子了。当丁小可说，无聊，无聊透了，我们出去走走。胡未雨愉快地接受了邀请，跟了他出去。

街上下着蒙蒙细雨，准确地说，那种雨不能叫下，它们在空气中若有若无地飘着，好像就是空气的一部分。衣服是没有感觉的，脸也没有感觉，只是落在头发上，很快便凝成细微的颗粒，而且发光。丁小可蓄着当时流行的长头发，脖子上面的脑袋似乎没有五官，就是乱蓬蓬的一堆头发。胡未雨看着那头乱发渐渐地被雨珠笼罩了，发出一种淡淡的光芒。胡未雨想，这等天气，在街上走走确实蛮好的。可是丁小可只顾着走路，并不跟她说话，好像他的腿一走动，嘴就顾不上说了。胡未雨觉得这个人实在奇怪，邀了她出来，又只顾着走路，不与她说话，两个人一起走又不说话是不对的。

你也写诗吗？话一出口，才想起这话刚才在沙龙上问过，没话找话，胡未雨把自己羞得脸微微地红了。

但丁小可早忘了她刚才问过，应附道，写的。

胡未雨说，那我能拜读你的大作吗？

丁小可说，当然。

胡未雨还有点慌，不知道接着问什么好，又换了一个话题，你在哪儿上班？

丁小可说，电台。

电台？当记者？胡未雨很是羡慕地说。

丁小可说，嗯。

胡未雨说，当记者，好啊。

丁小可说，有什么好？当记者就跟当狗一样，尽放狗屁。

胡未雨第一次听到有人这么贬斥记者，就呵呵笑起来。丁小可看着她笑，恭维说，你笑起来很可爱。

是吗，胡未雨笑着说，我还是觉着当记者好，总比当教书匠好，如果有人叫我去，我马上就去。

丁小可说，当教师有什么不好，我觉得当教师也很好。

胡未雨说，我不相信，如果一个教师、一个记者，两个位置让你选，你选什么？

丁小可说，我都不选。

胡未雨说，那你想干什么？

丁小可说，我不想干什么，我什么也不想干，我最想的就是什么也不干。

丁小可其实是相当诚实的，初次见面，他就告诉了胡未雨，他什么也不想干，只是这种话谁又把它当真了，胡未雨只觉着他有个性，也有趣，谈话氛围也开始融洽了。胡未雨的兴趣又回到了诗歌上面，问丁小可最喜欢哪位诗人。顾城。丁小可随即念了顾城的几句诗。

有些灯火

是孤独的

在夜里

什么也不说

　　丁小可的朗诵应当说十分成功，胡未雨听了好像受到了什么触动，她停下了脚步，立那里做孤独状，仿佛她就是有些灯火中的一朵灯火。顾城的这几句诗，后来胡未雨一直记着。丁小可朗诵"有些灯火"那会儿，胡未雨瞅着他那头蒙了一层薄雾似的细雨的乱发，好像他就是一个诗人，这些诗句好像不是顾城写的，而是他随口吟出来的。他就是那些孤独的灯火。孤独的男人当然讨人喜欢了，胡未雨分明是感觉到她喜欢上了丁小可，那个时候不像现在，一个女孩子喜欢一个男人，不是看他有多少钱，而是看他有多么孤独，好像孤独是内心的通行货币，可以买到灵魂需要的东西。

　　丁小可见她沉默，说，你干吗发呆？

　　胡未雨像是被人发现了秘密，慌乱地说，啊，我发呆了？你念得真好，我被感动了。

　　丁小可说，你也喜欢顾城？我那儿有他的诗集。

　　胡未雨说，我是被你的朗诵感动的。你最好朗诵给我听，我自己看没那种感觉。

　　从没有人夸奖过他的朗诵有这好，丁小可感到很受用。

一边走着，忽然指着面前说，前面就是我的单位，我就住里边，要不要上去坐坐？

胡未雨犹豫了一下，问，现在几点？

丁小可说，早，九点不到。

胡未雨说，那好吧。

丁小可住的这幢破楼，后来胡未雨住了整整五年。而且直接改变了她的人生走向，若不是无法忍受这儿的居住条件，她也不会从公立学校跳槽到私立学校。那是有点悲壮的，有一个专用名词，称之为"下海"。不过，第一次进入破楼，她并未感到它是那么破的，她跟在丁小可后面，什么也没在意。丁小可的房间完全像一个读书人的房间，简陋，但充满书卷气，一张床、一张书桌、一个竹制的简易书架，书架上、桌上、床上全都胡乱地堆满了书。一面墙上贴了一张横幅，未经装裱的，就那么贴在墙上，上书陶渊明的《五柳先生传》，是小楷，字有几分清秀，因为没有装裱，就像是别人扔了他捡来贴墙上的，倒也显得漫不经心，像是一种境界。胡未雨在大学语文课读过《五柳先生传》，也想在丁小可面前显露一下她的文化底蕴，便仰了脸，盯着墙上，有板有眼地念起来：

先生不知何许人也，亦不详其姓字，宅边有五柳树，因以为号焉。闲静少言，不慕荣利。好读书，不求甚解；每有会意，便欣然忘食。性嗜酒，家贫不能常得。亲旧知其如此，或置酒而招之。造饮辄尽，期在必醉；既醉而退，曾不吝情去留。环堵萧然，不蔽风日，短褐穿结，箪瓢屡空，晏如也。常著文章自娱，颇示己志。忘怀得失，以此自终。

赞曰：黔娄之妻有言："不戚戚于贫贱，不汲汲于富贵。"其言兹若人之俦乎？衔觞赋诗，以乐其志。无怀氏之民欤？葛天氏之民欤？

胡未雨念毕，喘了一口气，说，字很漂亮，你写的？

丁小可说，不是，一个朋友写的。

那么，书法就没必要赞美了。胡未雨刚想坐下和丁小可谈谈五柳先生的人生观，突然，李志强连门也不敲一下就闯进来了，见丁小可房间有女人在，好像见了什么怪物，极为夸张地伸了一下舌头，又发出一声"啊"的叫声。胡未雨转头看他，刚好看见他伸着舌头的鬼脸，就笑了。李志强长得高而瘦，像根竹竿，脑袋又特别小，好像只有脖子一般大，也是长头发，看上去就是一根竹竿挑着一蓬头发。胡未雨以为他会打招呼的，但是他没有，故意看也不看，好像她是不能看的。他冲着丁小可嚷嚷，菜鸟，菜鸟，快点儿菜鸟。胡未雨不知道他在嚷什么，有点不自在，站起来说，你们有事，那我先走了。丁小可说，没事，他找我就是下棋。胡未雨迷惑地说，菜鸟是下棋的意思？丁小可说，是。胡未雨不解地说，菜鸟怎么是下棋的意思？丁小可说，就是下棋的意思，他的专用名词。胡未雨笑了笑，说，那好吧，你们下棋，我看你们下棋。丁小可说，你会下棋？胡未雨说，不会，但是我喜欢看别人下棋。丁小可就在床单上摆上棋盘，两人厮杀了起来。胡未雨确实一点儿也不会下棋，但她知道围棋这东西风雅得很，在四大风雅之物琴棋书画中，它名列第二，下棋是很风雅的，即便不会下棋，看别人下棋也是风雅的。胡未雨很专注而又莫名其妙地看着他们下棋，可是不懂，这样看着是愚蠢而且劳累的。胡未雨就找了点儿事情干，替他们倒水，自觉侍候起两位棋士来。两位棋士只顾着棋盘，接过她递来的水杯，也不道谢，似乎她就应该替他们倒水的，但是胡未雨并不介意，很欣赏地注视着丁小可。丁小可盘腿坐在床上，一副老僧入定的样子，这形象基本上符合胡未雨关于棋士的想象，只是坐在床上不够风雅，这也是没办法的事，地方简陋嘛。

但是，胡未雨还是无法坚持到将一盘棋看完，胡未雨说，你们好好下棋，我先走了。

丁小可抬了抬头，说，你走？然后表情定在那里，就没反应了，也没想到送一送她。

这样的男人，现在，胡未雨自以为看得清楚了，然而，在二十世纪八十年代，胡未雨是被自己的想象所蒙蔽了。从丁小可的房间出来，胡未雨的心情是愉快的，心里有点朦胧的渴望，而且有点激动。在回家的路上，她的脑子里盘桓着丁小可的两个形象，一个是乱发蒙了薄雾似的细雨的诗人的形象，一个是盘腿坐在床上下棋的棋士的形象。这两种形象都是经典的，早有公论的，女孩子们所渴望的。胡未雨仿佛看见了她心中理想的男人。只是丁小可对她还不是十分有兴趣，这一夜，胡未雨想来想去，失眠了。

胡未雨难免不为回忆所感动，毕竟那一夜的丁小可还是美好的。她穿了睡衣来到书房，但是，一看见丁小可还在那儿摆棋，心头气又上来，胡未雨说，丁小可，你有完没完？

丁小可见老婆站在背后，吓了一跳，连忙讨好说，完了，完了，马上就完了。

胡未雨说，你能不能干点儿别的什么？

丁小可说，那我干什么？

胡未雨说，你什么都不干，陪我睡觉也行。

丁小可说，我睡不着。

胡未雨说，哼，你这样下去，当心我跟你离婚。

三

进入二十世纪九十年代，丁小可的那个单位跟丁小可差不多，也快成为一个废物了。电台也曾有过它的黄金时期，比如五十年代、六十年代，甚至八十年代，当时的电台播音员可能比现在的电视主持人更令人想入非非，因为只闻其声，不见其人，显得神秘。但是，电视普及之后，广播就可有可无了，现在，广播就像一个患了自言自语症的傻瓜，虽然它也知道没有人听，但它还是不停地唠叨，以示它的存在。这样的单位，有门路的人都待不长，不过，倒是非常适合丁小可，在电台很清闲，可以不上班，即使上班，也没什么事，丁小可并不觉着电台有什么不好。

当然，电台的大部分人只是无可奈何而已，只有丁小可这样的人才能觉着它没有什么不好。而胡未雨就不行，婚后，她搬进丁小可住的这幢破楼，就觉着很痛苦，这鬼地方是不能久住的。这是五十年代盖的筒子楼，就一个房间，没厕所，没厨房，上厕所得去楼下公厕，水也得去楼下公厕旁的水龙头提，它应该是单身汉的临时宿舍，谁成家了就该搬出去的，但实际上它里面几乎住了电台的所有职工和家属。没厨房，走廊便成了通用的大厨房，摆满了各家的煤球炉和待烧的煤球，如果穿着白裙子，从房间走到外面，稍不小心白裙子便黑了。更糟的是房间隔音效果极差，丁小可住的又是二楼，上下左右稍有响动，都听得清清楚楚，好像他们就在你的房间行动。胡未雨每夜都能听见别人做爱的声音，本来，这种声音，你听我的，我听你的，也算公平，但胡未雨偏偏羞耻感特强，只能她听别人的，而绝不允许别人听到她做爱的声音，所以胡未雨和丁小可做爱，总是小心翼翼偷偷摸摸的，做得一点儿也不尽人意，后来简直是连兴趣也没了。

丁小可对这样的处境好像很是心安理得，每次胡未雨发牢骚，丁小可先是像猪似的没感觉，然后，可能是听烦了，又不便发作，就无所谓似的往床上一靠，拉了被子当靠垫，目光漠然地注视着墙上的《五柳先生传》。他这副超然物外的形象，似乎是要胡未雨感到她的牢骚是庸俗的，你看人家五柳先生，

114

环堵萧然，不蔽风日，还经常饿肚子，不是照样活得逍遥自在吗。丁小可大概很以为他就是当代的五柳先生，至少也是颇得五柳先生的遗风，只是他并不"常著文章自娱"，他写过诗，但是，他早就不写了，而且还很藐视诗歌，顺便也藐视诗人。他以为那也是狗屁的一种，他不过是随便玩玩，其实是很不屑的。这就像某些想恋爱的男女，恋爱不成，便反目成仇，诽谤之，丁小可之于诗歌大约也是这样。不过，不"常著文章自娱"也没关系，他还有一样东西是五柳先生所不会的，就是下围棋，围棋这东西比诗歌似乎还抽象还深奥，饱食终日，无所事事，不亦有博弈者乎，常下围棋自娱，也是可以当五柳先生的。

丁小可虽然屁事没有，但看上去也很忙。他通常在早上十点左右醒来，然后赖在床上等胡未雨叫他吃中饭。中饭快完的时候，李志强往往就及时出现了，嘴里照例叫着"菜鸟，菜鸟"。丁小可对吃饭这种事本来是不感兴趣的，无精打采的，看见李志强他才来了精神，这一天算是正式开始了。他嘴里含着一口饭还来不及咽下，就忙着搬凳子摆棋盘开始"菜鸟"。后来，胡未雨才明白为什么她第一次进丁小可的房间就要碰上李志强，那是一定要碰上的。李志强没工作，比丁小可还闲，但他在街上有一间店面，租金相当于好几份工资，他是真正有闲又有钱的闲人，不下棋还干什么呢？李志强完全没有时间观念，经常待到半夜还不走，好像他根本不知道丁小可已经结婚了，他还有个老婆。弄得胡未雨只好跟自己生闷气，有时她也瞪他几眼，但李志强在下棋，下棋又有个高深莫测的别称，叫"坐隐"，就是说他身体坐在那里，灵魂早已隐居起来了，你瞪眼也是白瞪，胡未雨原来对围棋的敬意，就这样被败坏掉。现在，她再也不相信围棋是件高雅之物，其实，下围棋跟打扑克、搓麻将也没什么两样，都是一种恶习。有一次，他们两人在房间下棋还差点儿打起来了，丁小可说，不能再悔了。李志强说，不悔？不悔我就不下。那就别下了。丁小可突然起立，一把掀翻了棋盘，那些棋子哗啦啦脱离了棋盘，都在地上快活地滚动起来。李志强弹簧似的跳了起来，说，你什么意思？丁小可说，没劲。李志强说，你他妈的，你这是在侮辱我，幸好是在你自己家里，否则老子抽你。丁小可说，你试试看？他们毕竟是下棋的，有修养，最终没有打起来。胡未雨看着李志强气鼓鼓地从房间离开，他那个小脑袋气得好像忽然大了不少，李志强到门口又回头朝丁小可发誓道，丁小可，我再跟你下棋，我狗生。丁小可和李志强吵架、闹翻，胡未雨当然是高兴的，但他正在生气，她也不想幸灾乐祸，免得丁小可再来跟她吵一架。丁小可生完气，又心疼自家的棋子，蹲在地上一颗一颗捡。胡未雨看他捡完棋子，摆到了书架上，说，你们干吗吵架？

丁小可说，没干吗。

胡未雨说，就因为悔棋？

丁小可说，嗯。

胡未雨说，他悔棋，你就掀棋盘？

116

丁小可说，我最讨厌悔棋。

胡未雨说，我看你是天天下棋，把自己给恶心了。

丁小可说，有可能。

胡未雨说，你再这样天天下棋，就要得躁狂症了。

丁小可说，有可能。

胡未雨说，以后别下棋了，行吗？

丁小可说，行。

丁小可这么听话，胡未雨很满意，又说，你跟李志强吵架，也好，我不喜欢他。

丁小可说，嗯。

胡未雨说，我看他年龄比你大，也该结婚了，还天天下棋。

丁小可说，他结过婚，离了。

胡未雨说，他结过婚？

丁小可说，他结过婚有什么奇怪的。

胡未雨说，他一看就是个光棍，怎么也结过婚，那么，怎么又离了？

丁小可说，他老婆说离婚，就离了。

胡未雨说，他老婆肯定是无法忍受他天天下棋，才离的。

丁小可说，有可能。

胡未雨说，你要是这样天天下棋，我肯定也受不了，我也会跟你离婚的。

丁小可说，嗯。

丁小可和李志强吵了架，确实有三天没下棋。但是，三天后，他们又和好了，李志强早忘了他发过的狗生的誓言，见了丁小可，又是"菜鸟，菜鸟"。胡未雨才发觉他们不但下棋可以悔，连吵架也是可以悔的。

这时候，贫富迅速分化，每个人都在跳来跳去。就说电台，有人调报社去了，有人调电视台去了，有人调市府当秘书了，有人干脆下海了。丁小可住的这幢破楼，每隔一段时间，总有人搬走，搬走的人都是终于脱离苦海的样子，用怜悯的目光看着这些无法搬走的人，喜气洋洋地说，来玩啊，以后来玩啊。丁小可是五柳先生，可以不在意他们的发迹，但每有人搬走，胡未雨心灵总要受到一次折磨。胡未雨说，你就准备在这样的烂地方住一辈子吗？丁小可说，不住这儿住哪儿？胡未雨说，你也想点儿办法调走啊。丁小可说，调哪儿？我没办法。胡未雨轻蔑地说，人家都有办法，就你没办法。丁小可对她的轻蔑一点儿也不在乎，说，那是人家，我没办法。既然丁小可连轻蔑也不在乎，胡未雨拿他也没办法了。若想离开这个烂地方，胡未雨只有自己想办法。

胡未雨书教得是不错的，在当地也算得上是一个新秀。那几年，这地方出现了不少的私立学校，忽然就有人来请她，工资是公立学校的三倍，并且提供一套商品房。胡未雨虽然心里有点忐忑，但经不住商品房的诱惑，就去了。但是私立学校的工作量也是公立学校的三倍，甚至五倍。胡未雨一大早出门，中饭在学校吃，晚饭偶尔在家吃，夜里经常还要加班，九点以后才得回家。这样，这个家就变得有点奇怪，一个是忙得要死，一个是闲得要死。本来，丁小可那么闲，在家带孩子总可以的，可是，孩子他是不带的，胡未雨只得再雇一个保姆照顾孩子，同时也照顾丁小可。

但是，毕竟住进了一百二十平方米的商品房，过起了小康生活。胡未雨开头的感觉还是蛮好的。况且，这一切都是她个人的努力得来的，又有了一种成就感。丁小可的感觉更没有理由不好，他什么也没干，托老婆的福，就从那栋破楼搬进了崭新的商品房，有客厅，有书房，有两个卧室，同时摆得下五六局棋。五柳先生应该也是愿意住得更好一些的，并不希望环堵萧然，不蔽风日。搬家的当日，丁小可叫了包括李志强在内的六个棋友，在客厅里摆了三局棋，以示乔迁之喜。

胡未雨虽不喜欢以这样的方式庆贺乔迁，但丁小可既然这样做了，她也不便做脸色给他们看。再说她今天心情不错，她带着丁丁将每个房间巡视一遍又一遍，检查哪些角落的装修可能不合她的意思。胡未雨不停地问丁丁，喜欢吗？喜欢吗？丁丁都说喜欢。而且特别高兴的是她也有了自己的小房间，她的床、床上的被子、窗帘以及墙上的墙纸，印满了许许多多的小动物，比如小猪、小狗、小熊、小花猫。丁丁说，她太喜欢自己的房间了，以后她要一个人睡，不跟妈妈一起睡了。胡未雨夸奖说，好，好。然后，她面带微笑，以一个最合格的女主人给客人端茶、倒水、敬烟、点火，并且例外地依在丁小可的身边，看他下棋，脸上是幸福的模样。

下棋，在理论上应该是很安静的，只听得见棋子入盘的声音，可他们好像不是在下棋，而在斗嘴，就像一群狗趴在棋盘前，在争夺肉骨头。这些人虽然日日棋不离手，但水平大多在业余初段以下，这个水准的臭棋篓子是最喜欢吹牛的，就像半瓶子醋的文人，总以为自己的文章最为了得，谁赢了谁立即就宣布，现在，你不是我的对手了。那样子就像是以为从此老子天下第一了。丁小可也许是刚搬了新居，更是得意忘形，自己不好好下棋，总在指点别人这步很臭，那步也很臭，啊哈，臭死了，真正的遗臭万年。俨然一个大师。胡未雨推推他说，你能不能少说两句，你自己不是更臭。丁小可似乎扫了兴，不高兴地说，有什么关系，下棋的乐趣就是胡说八道。胡未雨见他这个样子，觉着看他下棋很没面子，就不看了。

胡未雨上酒店叫了桌饭菜，招待这些棋手，指望他们吃完了就走，但是，他们刚吃完又吵吵嚷嚷地下起棋来。胡未雨不好意思自己出面催他们走，过了夜里九点，她让丁丁跑到丁小可面前说，爸爸，下完这盘就别下了好吗？我想睡觉了。丁小可说，好，好，你先睡吧。丁丁说，你们这么吵，我睡不着。大家这才安静下来，下完了棋，先后离开。

洗完澡，靠在床上，胡未雨微闭了眼，慢慢地竟兴奋起来。丁小可余兴未尽，一个人还在客厅里摆棋。胡未雨叫道，丁小可，你不来洗澡？胡未雨的声音经过房间传到客厅，格外的温柔。丁小可就说，洗。胡未雨说，那就快来洗吧。

洗了澡，胡未雨抱着丁小可说，新房真好。

丁小可说，是好。

胡未雨说，今天，我才感到自己是个新娘。

丁小可说，是吗。

胡未雨说，以后，你可以尽兴地来了。

但是，做爱才刚开始，就结束了。这比不做更糟糕。胡未雨很不满意地看着丁小可，那眼睛让他颇为难堪。丁小可很想找个借口去客厅坐坐，胡未雨见他心神不定，说，你不想我？

丁小可说，想。

胡未雨说，那怎么这么快？

丁小可说，习惯了，以前你巴不得我快点儿，就这么快了。

胡未雨说，不是，我觉得你心不在焉。

丁小可很难回答这个问题，此后，他也努力过几次，可还是这么快。丁小可对做爱就有些恐惧，主要还不是怕做爱，而是胡未雨那种不满意的眼神，那眼神使他感到极其失败。做完爱，胡未雨即便不满意，也还是睡了。但丁小可本来就不是在这个时间睡觉的，又披衣而起，去书房摆棋，或者说坐隐，通过坐隐，把做爱忘掉。

其实，丁小可的性功能这么差劲，是可以理解的。丁小可想，艺术是性的升华，围棋当然是艺术，他天天下棋，他的性欲恐怕早就升华为艺术了。

四

胡未雨一直搞不明白她怎么就看上了曾连厚。这个问题，就跟她怎么就嫁给了丁小可一样，都有些让人想不通。曾连厚是她私立学校的同事，不是本地的，这地方，不是本地的都被叫作打工仔。本地的，虽然同样也是打工仔，但没人这样称呼，就是说本地的打工仔比外地的打工仔要高人一等，起码在称呼上是这样。曾连厚是相当典型的男教师，平庸、笨拙、老实。前些年，当教师的很让人看不起，不平庸、不笨拙、不老实的都跑光了，留下来的差不多就是曾连厚这样。曾连厚脸上还常现出卑微、紧张以及委琐，见了学校的老板，总要想方设法凑过去点几个头，哈几下腰，好像不这样做，就没有安全感，哪天没准儿就得被炒鱿鱼。他的身材其实蛮高大的，但因为没有神气，别人也就没有感觉。这种男人，若在以前，胡未雨是不可能看上的，胡未雨颇有几分姿色，行点贿或许还能进入南国佳人之列。另外，她又热爱过诗歌，神情里还留着几分矜持，就像现代派诗歌那样，冷而且傲。曾连厚就坐她对面，有很长时间，胡未雨几乎没有注意过他。他不爱说话，也许他根本就不会说话，偶尔说件什么事，也总是含含混混，老半天说不清楚，不知道他在课堂里跟学生是怎么说的。不会说话的人是要被抛弃的，就像拉美神话里的木头人，虽然也像个人，但是语言含混，不知所云，胡未雨觉着曾连厚就是拉美神话里的木头人，胡未雨自然是没必要注意他的。不过，据说，他课上得还可以。

曾连厚的老婆在学校当生活指导老师，这是好听的说法，其实就是保姆。曾连厚的老婆个子短小，脸胖胖的，看上去很和善，但曾连厚却经常挨她打。他们就住在学校的教师公寓里，每隔一些时间，就可以听见他们在房里吵架，接着就是她拿起什么物什敲打曾连厚的声音，有时凶了还把茶杯开水瓶之类的易碎品从窗户里摔出来。

那天，胡未雨刚上班，就看见曾连厚的老婆哭着叫着，一只手里高举着鸡毛掸子，将她的老公从办公室里驱赶出来。他们看见胡未雨的时候，立即低了头加快了步子，好像是跑了，胡未雨回头看了他们好一会儿，就像观看一个放牛娃在驱赶一头犯了错误的牛。胡未雨觉着这个比喻颇为妥当，他们两夫妻的比例跟一个放牛娃和一头牛的比例也差不多。胡未雨这样想着，觉着有点意思，就笑了。

进了办公室，同事们都用极为怪异的眼神看着她，胡未雨以为自己的穿着打扮哪儿不得体，赶紧看了看自己，又摸了摸自己的头，发觉没有不得体之处，松了口气说，你们这样看我干吗？有什么不对吗？

大家就哈哈大笑，笑得胡未雨越发莫名其妙。一个同事忍不住了，说，你看见曾连厚和他的老婆闹着出去了吗？

胡未雨说，看见了。

另一个同事说，我们知道他们为什么吵架啦。

胡未雨说，为什么？

一个同事说，因为你。

胡未雨吃惊地说，因为我？

另一个同事说，他老婆说，曾连厚爱你，不爱她。

胡未雨说，没搞错吧。

一个同事说，没搞错，他老婆认为你们好上了。

胡未雨好像受到了侮辱，愤怒地说，有毛病。

同事们原来不过是想拿她开开心，不想胡未雨这么不配合，竟然生气，大家就说，他老婆确实有毛病，你不用生气的。但是，胡未雨已经生气了，没办法马上又不生气，而且眼眶里涨起了眼泪，非常委屈。同事们见她这样，都很没趣，有课的赶紧去上课，没课的也暂时躲开。一会儿，曾连厚回来，胡未雨抬起头泪汪汪地问，听说你和老婆吵架，是因为我？

曾连厚很尴尬，看也不敢看胡未雨，只把脸红得什么似的，他转了一个角度，背对着胡未雨，连连说，对不起，实在是对不起。胡未雨没有回答，曾连厚又说，我老婆有毛病。胡未雨见他这么可怜，也就没什么可生气的了，说，其实也不能怪你。曾连厚转身感激地说，实在是对不起，我让老婆向你道歉。胡未雨想，你这么怕老婆，老婆会听你的吗？曾连厚好像突然聪明了许多，知道胡未雨在想什么，又发誓道，我一定让她向你道歉。

这事只是个笑话，胡未雨也觉着她其实不应该生气的。夜里回家，就把它当笑话跟丁小可说了。丁小可说，真恶俗。胡未雨说，没准儿人家真爱我呢，你还不小心点儿。丁小可说，可是我老婆看不上这种人。胡未雨说，那可不一定。丁小可说，别恶心了。所以，后来胡未雨告诉他，她确实和曾连厚好上了，丁小可也不愿相信，宁可认为他和胡未雨离婚跟曾连厚是没有关系的。

几天后，曾连厚的老婆还真的来向她道歉了。晚饭后，她忽然出现在胡未雨面前，说，胡老师，我有话跟你说。胡未雨说，说吧。曾连厚的老婆又别扭地说，我们到外面说吧。胡未雨就跟她到了校外的河边。

曾连厚的老婆说，胡老师，你能否帮帮我？

胡未雨说，我帮你什么？

曾连厚的老婆说，胡老师，我很自卑，看见你那么漂亮、高雅，和我家连厚坐在对面，我就不放心，其实，我也知道你不会跟我家连厚好，他再爱你，你也不会跟他好，对吧。

胡未雨说，对。

曾连厚的老婆说，我家连厚老在我面前夸你，说你这也好，那也好，我就很嫉妒。我想，我也像你那样，就好了。

胡未雨发觉曾连厚的老婆很坦率，还是蛮可爱的。胡未雨说，你的丈夫很老实，他肯定是很爱你，不会跟别人好的，我们只是同事而已，没有任何关系。

曾连厚的老婆说，我知道。可是，我很爱他，没有他，我活不下去，可能是我太自卑了，我总是不放心，不断跟他吵架，哪天他受不了了，我就完了，你说我该怎么办？

胡未雨安慰她说，曾连厚有个这么爱他的老婆，他应该很幸福，他不会离开你的，当然，对男人也不能管得太严，老是怀疑会伤感情的。

曾连厚的老婆说，对啊，我也知道怀疑不好，可我就是忍不住想跟他吵架，你说怎么办？

胡未雨说，你可能确实有点自卑吧，其实，你一点儿也不比他差，你很真诚、很可爱，你再自信一点，就更好了。

曾连厚的老婆说，胡老师，你是好人，我谢谢你。

胡未雨的开导似乎并没什么作用，曾连厚和他的老婆还是照样吵架。胡未雨想着他们吵架居然跟她有关，既感到荒唐，又有点冤。这事对她还是有影响的，此后，她有意无意地也注意起了曾连厚，她发现曾连厚看她的目光好像是有点不一样，好像不仅仅是一个同事的目光，他老婆吃醋也许是有根据的，曾连厚在爱她。胡未雨想，就算曾连厚爱她，跟她也没什么关系，她不能干涉别人的爱，况且又是没有任何表示的，那是他的权利。

奇怪的是，那天夜里她竟然梦见了曾连厚，她仿佛和曾连厚的老婆正在河边走着，她说，曾连厚爱她。然后，曾连厚就出现了，也不经她同意，曾连厚就抱住她，吻她，并且伸手摸她的乳房。胡未雨感到他的老婆就在边上看着，她很慌张。醒来，胡未雨面红耳赤，觉着胸部燥热。她闭着眼睛回想了一下梦中的情景，很奇怪那个人竟是曾连厚，她很是羞愧，什么人不可以，竟是曾连厚，她觉着好没面子。她伸手摸了摸身边，丁小可还没来睡觉。胡未雨又躺了一会儿，没有睡着，她心里或许有点烦躁，就起来走到了书房门口。书房内的景象让她惊呆了，丁小可不在摆棋，他在自慰。他的屁股朝向胡未雨，没有看见她就站在门口。他宁可自慰，也不来跟我做爱。胡未雨感到受了极大的耻辱，就像见了见不得人的隐秘，她不敢出声，她觉着眼泪就要从眼眶里滴下来了。她回到卧室，拉了被子，连头带脸将自己蒙了起来，似乎丁小可自慰，她再也没脸见人了。

这事件是很严重的，而且丁小可一点儿也不知道他和胡未雨之间已经发生了这么严重的事件。丁小可是很迟钝了，他甚至没觉着随后的一段时间，胡未雨对他的态度已发生了根本性的变化，胡未雨和他基本上是形同陌人，她早出晚归，回来就睡觉，有些天简直连面也碰不上。丁小可睡的时候，有时顺手也碰碰胡未雨，但她麻木得一点儿知觉也没有，丁小可也就睡了。胡未雨不唠叨了，不再指责他下棋了，他下棋回来晚了也不做脸色给他看了。丁小可觉得自由了，这样的生活比以前好过了。

胡未雨其实不会过这么冷漠的生活，这样坚持下去，迟早要出事的。那天上课，一个向来调皮捣蛋的学生，忽然站起来打断她的讲课，嬉皮笑脸说，胡老师，你好漂亮，我好喜欢。胡未雨过去立即就扇了他一个耳光，扇得他嗷嗷叫着当场跑了。老师是不能打学生的，私立学校的老师尤其不能打学生，这个道理她懂。这样的学生她也没少见，平时，过去敲敲他的后脑勺，然后微笑着，叫他乖点儿，也就完了。但是，不知道哪儿来的怒气，她就狠狠扇了他一个耳光。这事，她不仅挨了学校老板的训，那学生跑回家还搬了家长过来。那家长是个所谓的农民企业家，财大气粗，将她堵在大庭广众之下，肆无忌惮地臭骂了一顿，什么臭娘儿们、臭婊子、乌龟王八婆……气得胡未雨差点儿没自杀。

私立学校的家长都交了数目不菲的集资费，好像就进了学校董事会，拥有了随便漫骂老师的权力。这样的事，在私立学校，胡未雨也不是第一个遇上，学校是拿家长没办法的。挨了骂的老师一般也只能回家讨点儿安慰。但是，胡未雨一点儿也不想回家。夜里，胡未雨走出校门，习惯地往回家的路走，但刚走了几步，她又突然转身，朝与家相反的方向走，漫无目的地走到了校外的河边。河边都是长着柳树的，柳树都是催人愁思的。胡未雨不可避免地就眼里含愁，觉着自己孤独无助，没有家，没有爱，没有过去，也没有未来，有的只是备受凌辱。她有一种想往河里跳的欲望。

也许是凑巧吧，也许是刻意的，总而言之，胡未雨在河边胡思乱想的时候，曾连厚从对面走过来了。那个时候，胡未雨的现实感是很弱的，即使曾连厚到了面前，她也视而不见。曾连厚见她这样，就不知道该不该打招呼，但最终他还是打招呼了。

曾连厚说，胡老师，你在这儿啊。

胡未雨一惊，你？你也在这儿啊。

我，我……我随便走走。曾连厚说。胡未雨找不到话说，就呆呆地看着他，曾连厚跟着沉默了一会儿，突兀地说，胡老师，今天的事，你别生气了。

胡未雨说，我也想不生气，可是我做不到。

曾连厚说，是，是，我肯定也做不到。

不知怎么的，胡未雨的眼泪不听控制就流了下来。曾连厚说，胡老师，你，你别伤心啊。

胡未雨擦了眼泪，说，不好意思，你有事吧。

曾连厚赶紧说，没事，没事，我随便走走，想不到碰上了你。

胡未雨说，那就陪我走走吧。

曾连厚就陪胡未雨走了起来，胡未雨的心情忽然好了许多，说，你这样陪我走走，没事吧。

曾连厚说，没事。

胡未雨说，我很脆弱，对吗？

曾连厚说，不，不，你很坚强，你，你，你是我最佩服的女人。

胡未雨说，是吗？

曾连厚说，是，是的，我经常在老婆面前说你好，所以她才跟我吵架。

胡未雨说，所以你老婆怀疑你爱我。

曾连厚突然站住，说，不是怀疑，我确实爱你。

胡未雨说，你爱我？

曾连厚说，我爱你。

胡未雨说，那你为什么不说？

曾连厚说，我很痛苦，说了更痛苦，我知道你不会爱我。

胡未雨忽然想起自己曾梦见过他，就在这个地方，一时就恍惚起来，说，要是我愿意呢。

曾连厚摇头说，不会的。

胡未雨闭了眼睛说，你想吻我吗？

曾连厚的运气应该是很好的，那个时刻，胡未雨随便碰上什么男人，大约都愿意在他的肩上靠一靠。古人语，傻人有傻福，看来古人又一次说对了。

五

其实，胡未雨改变对曾连厚的看法，是在她邀请曾连厚吻她的那刻，那种偷情所产生的瞬间爆发力，完全点燃了胡未雨，她感到晕眩，想软化在曾连厚的怀里。现在，她不再从外部观察他，而是从内部体验他，她对曾连厚的感觉就不同了。

回家后，胡未雨还感到自己的身体内部有什么东西在继续爆炸，她觉得紧张、窒息，胸部在跳。她躺在床上，想让自己平静，偏偏今晚丁小可有了一点做爱的欲望，过来将手捂着她的胸部。胡未雨的呼吸立即急促起来，以为他窥破了她的隐秘，她推开他的手，提防说，你想干什么？

丁小可说，我想做爱。

胡未雨歇了一口气说，我不想。

丁小可说，很久没做了，应该做了。

胡未雨说，我没感觉，你还是去摆棋吧，别来烦我。

丁小可说，我不想摆棋了，摆棋其实没什么意思。

胡未雨说，哼，你觉得没意思了才想我，那你平时怎么都不想？

丁小可说，也想的。

胡未雨说，哼，你去摆棋吧。

丁小可求饶说，我以后都不摆了，行不行？我专门想你，专门跟你做爱。说着，丁小可又伸手来摸胡未雨，但胡未雨警惕地避开了。丁小可做爱不成，有些无趣，讪讪地只好又去摆棋。

虽然，后来胡未雨还想尽点儿做妻子的义务，如果丁小可有要求，她并不拒绝，但后果是更糟了，不知怎么的，只要丁小可一动她的乳房，她的乳房就痛，胡未雨下意识地就锁起眉头，一副受苦受难的样子。

丁小可说，你怎么了？

胡未雨说，痛。

丁小可说，哪儿痛？

胡未雨说，你动的地方痛。

丁小可说，不动也痛吗？

胡未雨说，不动不痛。

丁小可说，那是什么毛病？

胡未雨说，不知道。

丁小可又动一下，说，痛吗？

胡未雨说，痛，别动我，你想来就来好了，但是，别动我。

丁小可说，那还有什么意思？

胡未雨说，那就别来算了。

丁小可就不来了，丁小可想象着她一动不动地躺在下面，很有点奸尸的嫌疑。

一对夫妻到了这个份上，差不多也该散伙了。通常离婚之前总有个吵架的程序，但胡未雨是教师，有点斯文，她不擅长吵架，她想好聚好散，就忽略了吵架的程序。直接说了。

胡未雨说，丁小可，我们离婚吧。

丁小可说，好啊，离婚好啊。

胡未雨说，那么说，你同意离婚？

丁小可说，我同意。

胡未雨说，那么，我们写一份离婚协议书。

丁小可说，你写吧，我同意就行了。

胡未雨说，我跟你说真的。

丁小可说，我也说真的。

胡未雨说，我确实是说真的，你为什么开玩笑？

丁小可说，不开玩笑。

胡未雨这样提出离婚，确实有点突兀，丁小可以为她开玩

132

笑也是对的。若是胡未雨告诉他，她已经爱上了别人，那样才像正经闹离婚。但是，胡未雨不想说，她不想让丁小可知道他们离婚是因为有第三者介入，她是这样计算的，先离婚，然后再和曾连厚结婚，中间要有不短的时间差，这样，这两件事看上去就没有关系。

但是，曾连厚的老婆上门来了，曾连厚的老婆说，你是胡老师的丈夫吧。

丁小可说，我是。

曾连厚的老婆说，胡老师不在吧。

丁小可说，不在。

丁小可以为她要走了，而她却说，我找你有点儿事。

曾连厚的老婆来不及说什么事，就先哭起来了，而且越哭越响，没有一点儿节制。丁小可不知所措地看着她哭。她本来就没什么好看，这样哭起来就更不好看，简直是丑陋了，丁小可终于等她哭得告了一个段落，赶快问，你有什么事？我能帮忙吗？

曾连厚的老婆抹了一把眼泪，眼泪沾在手上，她又抖了抖，说，我来求你帮忙，我求求你了。

丁小可从来没有这样被人求过，就觉得自己很重要，说，什么事啊？

曾连厚的老婆说，我老公和你老婆好上了。

丁小可不快地说，是吗？

曾连厚的老婆说，是的，我说的是真的，你别不相信，你

133

还不知道啊。

丁小可想起胡未雨曾告诉过他曾连厚和他老婆的笑话，看来曾连厚的老婆确实是有毛病。丁小可说，我老婆和你老公好，我能帮你什么呢？

曾连厚的老婆说，我求你不要离婚。

丁小可说，好的。

曾连厚的老婆说，我很爱我的老公，没有他，我也不活了，我求你管住胡老师，叫她不要和我的老公好。

丁小可说，好的，我一定让她不和你的老公好。

曾连厚的老婆说，你一定不要和胡老师离婚，请你原谅她，我是真的没办法了才来求你的。

丁小可说，好的。

丁小可等胡未雨回家，高兴地说，曾连厚的老婆来找我了。

胡未雨脸色一变，说，她来找你干什么？

丁小可说，她来告诉我，你和她老公好上了。

胡未雨脸色又一变，变红了，说，你相信吗？

丁小可说，我当然不相信。

胡未雨停了一会儿，说，要是她说的是真的呢。

丁小可说，那你比他的老婆更有毛病。

这话分明是刺激了胡未雨，胡未雨冷冷地说，你很看不起曾连厚，是不是？

丁小可说，是啊。

胡未雨说，你凭什么看不起他？

丁小可说，不凭什么。

胡未雨说，你有什么资格看不起他，告诉你吧，我确实和他好了。

丁小可张大嘴巴说，不会吧，你不会真有毛病吧。

胡未雨说，我已经告诉你了，信不信随你。

胡未雨也够倒霉的，她和曾连厚好了，丁小可竟然不相信，其实，这都怪胡未雨自己，她把曾连厚和他的老婆当笑话讲，丁小可自然就拿他当笑话了，丁小可不可能跟着她改变对曾连厚的看法。不过，这样也好，胡未雨若是爱上别的什么人，没准儿离起婚来还有点困难，而爱上曾连厚，离婚就变得异常简单了，因为，连曾连厚这种人她都要，在丁小可眼里，他的老婆胡未雨就跟一堆不可理喻的狗屎差不多了。丁小可倒好像不是胡未雨不要他，而是他扔掉了一堆狗屎。

胡未雨说，为了维持你的自尊，你尽可以侮辱我。

丁小可说，我没兴致侮辱你。

丁小可回到了电台分给他的那间破屋。那破屋，丁小可搬走以后再没有来过，屋里积了很厚的一层灰尘。现在，丁小可回来了，灰尘都兴奋得飞舞起来，有一些已经吸入了他的鼻孔，丁小可捏了几下鼻子，一抬头，又看见了墙上的《五柳先生传》。那宣纸不知什么时候受潮发霉了，字迹就像生锈了似的，看起来很沧桑。丁小可仰着头，漠然地看着五柳先生，似乎五柳先生就站在霉得发黄的宣纸后面，也那么漠然地看着

135

他。丁小可心里慢慢地就有了疑问，五柳先生是否也结过婚？也有过老婆？陶渊明没说他有老婆，也许他也有过老婆的，就像现在的丁小可，离了，陶渊明懒得写这等闲事。

丁小可大概从五柳先生身上吸取了能量，他提了精神，向邻居借把扫帚，准备清扫屋子。邻居说，你怎么又回来了？丁小可说，这儿好啊。邻居说，你老婆呢？丁小可说，老婆？没老婆了，离了。虽然，这年头离婚是很平常的事，但邻居还是立即沉默了，只是很同情地看着丁小可，好像离婚是什么了不得的大事，问也不能问的。邻居那同情的目光让丁小可很不舒服，但是没办法，人家要同情你，你有什么办法。

丁小可在离婚这件事上，做得还是蛮潇洒的，几乎使胡未雨差点儿又产生了初次见他时的那种感觉。尽管在法律上，他可以分得一半财产，但他什么也不要，他只带走两箱书和一旅行包衣服，当然还有围棋。胡未雨原来准备好的一大堆准备用来对付他的措施，一点儿也没有派上用场，这反而让她很失望。丁小可好像从来就没有把这儿当作一个家，而只是个旅馆，现在他要走了，他根本无所谓，他本来就是要走的。他把两箱子书分两次搬到了楼下，然后上楼来提旅行包，同时将房钥匙交给胡未雨，说，我走了。胡未雨跟他来到了楼下，等待出租车。

离婚应该有一种沉重感，这样太轻了，轻得让人受不了，套句昆德拉的名言，就是生命中不能承受之轻。胡未雨觉着这婚还没有离成，丁小可提着旅行包只是去出差，他还要回来的。

胡未雨说，我们就这么简单离了？

丁小可说，那还怎么着。

胡未雨说，我们还是朋友吗？

丁小可说，你说呢。

胡未雨说，你会来看我吗？

丁小可说，我想不会。

胡未雨说，那我可以去看你吗？

丁小可说，当然可以。

胡未雨还想说点儿什么，但是出租车来了，丁小可钻进出租车，就消失了。

胡未雨回到房间，突然就想念起丁小可，而且从来没有这么强烈过，开头她也不知道究竟想念什么，但逐渐就明确了，她想和丁小可做一次爱。

就在胡未雨想和丁小可做一次爱的时候，曾连厚来了，曾连厚兴奋地说，离了？

胡未雨没有回答，曾连厚过去想抱她，胡未雨说，别动我。

曾连厚退开一点，说，我正在离，我离婚没那么容易。

胡未雨冷漠地说，你离不离婚，跟我有什么关系？

曾连厚说，你怎么了？

胡未雨说，没怎么，你走吧，我想一个人待着。

曾连厚又说，你怎么了？

胡未雨命令道，听见没有，你给我走开。

六

曾连厚死了。

曾连厚是在夜间被人杀害的，尸体就抛在校外河边的一丛冬青树后面。其实也不能说抛，比较符合事实的说法可能是凶手杀了曾连厚后便迅速离开了，根本没有动过尸体，曾连厚就是在他扑倒的地点被人杀死的。刀子是从他的后背捅进去，一连捅了三刀，曾连厚也许还来不及转头看看杀人者是谁，就倒地死了。这河边并不荒凉，不是个杀人灭尸的好地方。第二天一大早，一位来河边想呼吸新鲜空气的同事马上发现了他的尸体。但是，这位同事的最初印象却是他已经死了很久，因为他后背的三处伤口，一夜之间就密密麻麻爬满了蚂蚁，它们围成三个互相交叉的黑色圆圈，就像是谁刻意设计出来的某种标志。

丁小可注定要成为杀害曾连厚的嫌疑犯之一，大家都知道，他的老婆胡未雨和曾连厚好上了，他因此离了婚，弄得妻离子散，他一怒之下杀了曾连厚，是最合理不过的了。而且曾连厚的社会关系非常简单，除了学校的同事，几乎就没什么社会关系，这应该是件不难侦破的命案，就连最初发现曾连厚尸体的那位同事，脑子里首先闪过的也是丁小可杀了他。胡未雨也算是学校里引人注目的女性之一，她的前夫丁小可，很多人

138

都是知道的，不过是电台的一个闲人。这位同事虽然自己也是个被人看不起的打工仔，但他也是看不起丁小可的，觉得胡未雨实在是可惜了，一朵鲜花插在牛粪上。胡未雨和丁小可离了婚，而重新选择的人竟是曾连厚，这位同事又觉着实在是可惜了，那是一朵插在牛粪上的鲜花，好不容易拔了出来，却又重新插在了另一堆牛粪上。现在，丁小可杀了曾连厚，这位同事才改变了对他的看法，杀人不是那么容易的，而丁小可敢于连捅第三者三刀，这说明他尽管是个闲人，但仍然不失为一条有血性的汉子。

这位同事把曾连厚的死报告了学校，学校又随即报告给了公安局。那天早上，学校的气氛就有些异常，毕竟这是死了一个人，而不是死了一头猪。曾连厚的老婆还不知道她的老公已经被人杀了，曾连厚一夜未归，她也一夜未睡，她以为曾连厚一定是跑去跟胡未雨睡了。她正满脸憔悴地躲在校门不远处，准备等胡未雨一进来，就扑上去一口咬死她。

但是，警察把她叫走了，警察告诉她曾连厚被人杀了，然后就用怀疑的目光盯着她。曾连厚的老婆惊恐地看着警察，嘴唇颤动着，想说点儿什么，但来不及说，就先昏倒了。警察怀疑她也是有道理的，这段时间，曾连厚正和她闹离婚，她曾扬言要杀了他。现在，曾连厚果真被杀了，她当然是嫌疑人之一。而且她又那么惊恐，等她醒来，警察就把她监控了起来。后来，曾连厚的老婆很让人同情，她疯了，学校将她送回了老家。

胡未雨的反应让警察很疑惑，曾连厚的死，她好像无动于衷。她只是表示了点儿震惊，就没有别的表情了，这也许跟她面对警察不习惯有关，如果不是警察，而是别的什么人告诉她曾连厚被杀了，她的反应也许完全两样。

　　警察说，他被害之前，来过你那儿吗？

　　胡未雨说，没有。

　　警察说，那么你最后见到他，是在什么时候？什么地点？

　　胡未雨说，昨天下午吧，在办公室。

　　警察说，这案子很简单，我们很快就会抓住凶手的，我想问你，曾连厚被害之前，你跟他是什么关系？

　　胡未雨说，我跟他没什么关系。

　　警察说，不会吧，据我了解，你是为他离婚的。

　　胡未雨说，人家以为是，其实并不是。

　　警察说，这话怎么讲？

　　胡未雨说，我也不知道怎么讲。

　　警察说，那么曾连厚闹离婚，跟你有关，对吗？

　　胡未雨说，大概对吧，我跟他说过，如果是为了我，那就别离，即使他离了婚，我也不会嫁给他的。但是，他不信，他也以为我是为他离婚的，我在等他。

　　警察说，那你们之间到底是什么关系？

　　胡未雨说，怎么说呢，他说他爱我，我也相信他爱我，我离婚也许跟他有点儿关系，我也以为我爱他。但是，一离了婚我就发现，我不可能嫁给他。我们之间无话可说，在他被害之前，我们实际上没什么来往，对他的死，我只能表示遗憾。我认为他跟我并没有关系。

但是，警察认为跟她有关系，警察还要带她去看曾连厚的尸体。胡未雨犹豫了一会儿说，我就别看了吧。可是警察坚持要她去看，警察是用命令的口气说的，胡未雨只好跟着来到公安局的验尸房。曾连厚躺在验尸台上，衣服已经被扒光了，胡未雨根本没看，或者说不敢看，就逃出了验尸房。她感到自己受了侮辱，不理警察，独自就走了。

丁小可是那天下午在他自己的房间被带走的，警察没告诉他什么事，只是严厉地说，跟他们走一趟。丁小可从没有跟警察打过交道，而且他向来讨厌警察，从警察的口气判断，等待他的不会是什么好事，但又不知是什么事，丁小可就很慌乱，当他被带进公安局的审问室时，脑子里几乎已是一片空白。警察让他坐在一张矮凳上，自己坐到了一张大桌子的后面，丁小可得抬着头仰视才能看见大桌子后面的警察，他很年轻，比丁小可还年轻，但他那样坐着，顿时就威严了许多，也老了许多，好像比丁小可老了许多。随着又进来一个女的书记员，比警察还年轻，她坐在警察边上，摊开稿纸，手里握着一支钢笔，非常严肃地等着记录。但是，警察什么也没问，好像他早就什么都知道了，不用问了，他只是悠闲地俯视着丁小可，就像一个猎人在观赏一只刚刚逮到的什么小动物。丁小可被他看得很不自在，只觉着越来越热，额头冒汗，他不停地拿手擦汗，脑子里似乎除了汗水，什么也没有了。

警察突然发话了，你叫什么名字？

丁小可惊了一下，说，丁小可。

警察说，你在什么单位？

丁小可说，广播电台。

警察说，你的年龄？

丁小可说，三十二岁。

警察停了一下，解释说，问这些是例行公事，我早就知道你叫丁小可，三十二岁，在电台上班，现在，我问你，昨天晚上你都干了些什么？丁小可仰头茫然地望着警察，好像他一点儿也记不起昨天晚上干了些什么，警察又说，昨天晚上，你干了些什么？丁小可说，没干，昨天晚上，我没干什么。警察说，你干了，昨天晚上，你干了很多事，我都知道了，否则，我干吗要叫你来，我让你自己说，是给你一个机会。大桌子上的电话响了，警察接了电话，跟女书记员说，我出去一会儿，你坐着。警察走了，丁小可感到了一些轻松，他不习惯这样坐着，他摆了摆自己的坐姿，但是，不管怎么摆，还是不习惯。女书记员坐在上面，没东西可记大概很无聊，她手里慢慢转动钢笔，看着下面的丁小可，不知道她看见了什么好笑的东西，她那么严肃的脸突然朝丁小可笑了一下。丁小可也想朝她笑一下，作为回报，但他还是紧张，没笑出来。丁小可说，你们找我来，到底什么事啊？但是，女书记员不回答他的问题，她的脸又那么严肃了，铁板似的，很难想象刚才的笑是从这么铁板的脸上绽出来的。

警察回来好像很高兴，还来不及坐下，就问，昨天晚上，你干的事情，记起来了吧。

丁小可说，记不起来，我没干什么事情。

警察说，那我提醒提醒你，晚饭后到夜里九点左右，你和李志强下棋，对吧。

丁小可说，对，可是下棋不是什么事情。

警察说，你下棋的时候，很烦躁，你只下了一会儿，就不下了，然后你和李志强谈论自杀和杀人的问题，你说杀人比自杀容易，对吧。

丁小可说，对。

警察说，九点左右，李志强走了，然后你去干什么了？

丁小可说，我上街瞎逛了一圈，然后回房，坐房间里发呆，然后睡觉。

警察说，你只是瞎逛吗？

丁小可说，只是瞎逛，我每天都上街瞎逛一圈。

警察说，你不是瞎逛，你很有目的，你逛到了你前妻胡未雨的学校门口，你又逛到了校外的河边，你看见了曾连厚在河边散步，你从后面追上去，朝他后面连捅了三刀，对吧？

丁小可可能是过于震惊，他望着警察，脸都吓白了。后来，丁小可感到很丢脸，一般不愿提这个细节，他一直不明白，当警察指控他杀人时，他为什么那么害怕，这使他看起来更像一个嫌疑犯了。当时他简直是语无伦次，说，杀？杀？杀……谁？

警察提醒说，曾连厚。

丁小可结巴说，曾连厚？曾连厚是谁？

警察得意地看着他，嘲笑说，曾连厚是谁？你不知道？你就别装了吧。曾连厚就是抢走你老婆的那个男人。

丁小可憋红了脸，他想起来了曾连厚是谁。他突然很激动，不经允许擅自站了起来，大声叫道，你是说我杀了曾连厚？

警察说，别激动，你给我坐下。

丁小可重新坐下，这才感到脑子清醒了，原来是曾连厚被人杀了，他被当作嫌疑犯。丁小可说，曾连厚被人杀了，跟我有什么关系？

警察说，没关系我们就不找你了。

丁小可忽然觉得很好笑，忍不住就笑了，说，谁真是吃饱了没事干，杀了曾连厚，曾连厚有什么好杀的。

警察也笑着说，别装模作样了，你以为一脸不屑的样子，就可以躲过去啦。

丁小可说，我没杀曾连厚，我跟他根本不认识。

警察说，不认识？你老婆跟你离婚，不就是要找他结婚吗？

丁小可说，不可能，我老婆不可能跟他结婚，我了解她。

警察有点困惑，说，那你为什么离婚？

这个问题也是女书记员感兴趣的，本来她一直埋头记录，这时，她也抬起了头看着丁小可。丁小可沉默了一会儿，说这是他们之间的私事，他无法回答。而在警察看来，离婚跟后面的谋杀案是有逻辑关系的，根本就不是私事，丁小可必须老实回答。但丁小可变得强硬起来了，他就是拒绝回答，而且他对警察提出了质疑，认为他们毫无证据，没有资格审问他。他缺乏对付警察的经验，他是被他们搞糊涂了，现在，他完全清醒了，他可以不理他们的。他表示他要走了，而警察警告他，这里不是他想走就可以走的，他们已经掌握了大量证据，足以证明曾连厚是他杀的。现在不说，是给他一个机会，让他自己说，以获得宽大处理。然后，警察正式宣布他被拘留了。

七

丁小可觉着自己是冤枉的，那种冤枉的感觉肯定是很折磨人的，所以，进监牢的时候，他表现得一点儿也不潇洒，委屈得就像一个孩子。在牢房门口，警察搜了他的身，抽走了他的皮带，发给他一根软绳当皮带。丁小可来不及系上，牢房门就开了，一牢房的光脑袋在里面攒动。丁小可双手提着裤子，本能地后退了一步，但是，警察把他一推，他一个趔趄就进去了。

牢房门关了之后，随即有几双手伸来，把他推来推去，接着有更多的手伸来，把他推来推去，丁小可被推得晕晕乎乎的，大叫道，你们干什么啊？但是他们推得更狠了，而且高兴得哈哈大笑，继而干脆将他抬起来，上下扔来扔去，好像丁小

145

可根本不是一个牢犯，而是警察赏给他们的一个玩具。后来，丁小可只觉着重重地摔到了地上，他的身体完全散架了，叫的力气也没了。

丁小可醒来时躺在床上，不知道是谁把他搬到床上的，后来，他才明白新来的犯人睡的都是这个位置。他的床头下面就是大家拉屎撒尿的池子，一股恶臭升上来，丁小可感到恶心，捏了鼻子，用嘴透气。不一会儿，一只肥大的苍蝇从池内爬出，嗡的一声，扑到面前，丁小可挥手驱赶，那苍蝇无视他挥来挥去的手，照旧嗡嗡叫着，在他的鼻子周围绕来绕去。丁小可绝望得只好用手将脸盖上，那苍蝇找不着脸，大概不满意，又嗡的一声，索性停在了他的手背上。

你叫什么名字？

丁小可听到一个声音问他，那声音粗暴、蛮横，几乎不是问，而是骂。丁小可放下手来，看见一个人立他跟前，此时，他还不懂牢里的规矩，更不知道他就是头儿。此人个子矮小，大约就一米六光景，脸上一道刀疤，从左耳根一直拉到下巴，他的脚上戴着脚铐。据说他在外边一连杀了八个人，大家都很怕他，不敢叫他的名字，尊他为头儿。丁小可尚未领教过头儿的厉害，而且他看起来也确实不起眼，就没理他。

啪。丁小可就挨了一记耳光，这记耳光不仅仅是痛，重要的是摧毁了他仅剩的一点自尊，现在，丁小可老实了，说，我叫丁小可。

头儿说，什么地方的？

丁小可说，广播电台。

头儿说，你的年龄？

丁小可说，三十二岁。

丁小可发觉头儿的审问跟警察是一模一样的，不过，后面就不一样了，头儿比警察要直截了当，头儿说，你犯的什么罪？

丁小可说，我不知道。

啪。丁小可又挨了一记耳光。头儿说，猪头，哪有不知道自己犯什么罪的。

丁小可求饶说，你别打了，我确实不知道。

头儿说，那警察指控你犯什么罪？

丁小可说，杀人。

头儿说，杀人？你也敢杀人？不可能。

丁小可说，是，是，不可能。

头儿说，那警察怎么又指控你杀人？

丁小可不好意思说，有个人被杀了，那个人跟我老婆好过，警察就怀疑是我杀的。

头儿说，你为什么不杀他，你就应该杀了他。

丁小可说，我没杀他，我没想过要杀他，我和老婆离婚了。

原来你是个乌龟王八蛋。头儿就觉着很没意思。虽然没什么意思，但不折磨他一番，也是不行的。头儿指示说，赏他看场电影吧。

147

丁小可尚不明白看电影是什么意思，立即有两个人过来，一人叉了一只胳膊，将他脑袋摁入床头下面的粪池内。丁小可的嘴巴离粪池仅一点儿距离，他不能叫喊，一叫喊，池内的恶臭被惊动，就加速往嘴里跑，他只有忍，就像看电影那样默不出声。

这样的游戏，在牢里其实是很平常的，不过是老囚犯送给新囚犯的一点见面礼，通常忍一忍，也就过去了。这样的凌辱甚至还是必须的，经历一番凌辱之后，以后他就可以心平气和地在监牢里待下去了。

可是，丁小可是知识分子，用古人的话说，就是士，而且还是那一类高士，士可杀不可辱。因此，丁小可看完电影就想自杀了。但在牢里自杀的希望是极其渺茫的，不是丁小可可以做到的，顶多也就是徒劳地想想而已。最后还是睡眠比较慈悲，把他从这个无法容忍的世界上带走了。

以后，囚犯们倒也没怎么虐待他，只是十分鄙夷而已。牢里的等级是这样的，杀人犯地位最高，强奸犯次之，抢劫犯次之，小偷骗子又次之，贪污犯受贿犯又次之。丁小可是嫌疑犯，本来地位不明确，但头儿早把他确定为乌龟王八蛋，乌龟王八蛋当然最让人瞧不起。丁小可在里边待了好些时日，也无法加入囚犯们的群体，他们有他们的快乐，比如用擦屁股的草纸折成麻将牌打麻将，说下流话，实在无聊了也不妨打架。若是在外边，丁小可拥有自由，他们鄙夷他，是无所谓的，但在牢里，日日面对他们，他们又鄙夷他，还是不太好受。丁小可在牢里是孤独的。

开始，警察每日都提他去审问，其实，所有的问题在头一次审问时都问过了，无非也就是你为什么离婚，你看不起曾连厚是假的、虚伪的、不成立的，你非常痛恨曾连厚，你想杀了他，你和李志强讨论自杀和杀人问题时，就暴露了你的杀人动机，曾连厚就是你杀的。丁小可也觉着警察的推论很有道理，曾连厚应该是他杀的，但是他说，他确实没有杀人。这样，审问毫无进展，双方都很乏味。

既然审问毫无进展，警察也就懒得问了，后来，警察就很少来提他去审问。丁小可坐在牢里，好像被人遗忘了，他终于知道什么叫度日如年，有人审问还是好的，到底时间过得快些，而现在，他剩下的只有时间，而且是停止了运动的死了的时间，比大粪还臭，真是一秒钟也让人难以承受。他必须躲开，他需要回忆，但可怕的是甚至连回忆也回忆不起来了，他好像从来没有生活过，没有什么东西可供回忆，想来想去只有那么一天是清晰的，就是曾连厚被杀的这天，他的回忆好像被警察固定在这一天上面了。

他记得那天是这样过来的。十二点之前也许是下午一点之前，睡觉。两点之前也许更迟一些，躺床上发呆、抽烟。两点之后也许更迟一些，起床、刷牙、洗脸，上街吃饭，五块钱的快餐，抽烟。三点左右，去办公室，同事们在打牌。他们天天在办公室打牌。他观看了一会儿，其中一位有事要走，请他接班，他不想打牌，说，我也有事。就走了。回房，大概不到四

149

点。抽烟，发呆。六点，也许不到六点，李志强来了。他并不想他来，他宁可一个人发呆，但是他来了，一起上街吃饭，五块钱的快餐。李志强付钱，也许是他付钱，忘了。六点半左右，回房下棋。他说，不想下。李志强说，不下棋，干什么？他说，那就下棋。离婚之后，他发觉自己下棋明显心不在焉了，好像下棋和婚姻是共生的，婚离了，棋也懒得下了，也许跟离婚并没有关系，不离婚照样也懒得下，他对围棋也厌倦了。七点或者八点，棋下到一半，他说，不下了，不想下了。他听见自己的声音是颓废的。你怎么了？李志强说。烦，有点烦。因为离婚？狗屁。对，狗屁。本来就不该结婚。傻瓜才结婚。我们不是傻瓜。我们是废物。烦。没意思。去死吧。自杀。真正严肃的哲学问题只有一个，那就是自杀。但是，自杀太难了，那可是哲学问题，还是杀人吧。他说，还是杀人吧。

为什么刚好是在这个时间讨论这个该死的问题？为什么？警察说，这说明你有明显的杀人欲望。是，也许是吧。警察总是有道理的。如果不在这个时间说"还是杀人吧"，也许他就不会进监狱。他说还是杀人吧。果然有人被杀了。他就进监狱了。他这样说就是要让自己进监狱。你不是瞎逛，你很有目的。你逛到了胡未雨的学校门口，你又逛到了校外的河边，你看见了曾连厚在河边散步，你从后面追上去，朝他后背连捅了三刀。是，也许是的。警察这样说时，他为什么那么害怕？是否又一次暴露了内心的杀人欲望？九点左右，左还是右？李志强走了。他和李志强还讨论了什么？忘了，警察不关心的都记

150

不得了。如果李志强不走，就可以证明他没有杀人，但是，李志强走了。他上街了，向前还是向后？都一样，前后都叫人民路。一个人过来，又过去了，又一个人过来，又过去了，都一样，都是人。他有目的吗？应该有，譬如他想找点儿什么。街上有人、车、商店、电线杆、路灯、垃圾箱，无数的人、无数的车、无数的商店、无数的垃圾箱。他看见了前面丢的一个易拉罐，他上前狠狠踢了一脚，易拉罐跌着跑着，发出很响亮的声响，一个女人回头看他，说，神经病。是的。他追上去，抬腿，狠狠踩下去，易拉罐吱地叫了一声，瘪了。他吐了一口气，好像解决了一个重大问题。曾连厚就在这时被杀的吗？他一直在人民路瞎逛。曾连厚被杀的时候，路上没发生任何事情，至少没有他感兴趣的事情。谁可以证明你一直在人民路？没人。谁可以证明你没去她的学校？没人。谁可以证明你没到过校外的河边？没人。十点还是十一点？回房。抽烟。喝水。发呆。突然想做爱。这么无聊的夜晚，是应该有个人被杀。两点还是三点，睡着了。

这一天，实际上没有任何迹象表明第二日他要进监狱。

八

也不知是入狱后的第几天，有人来探监了。丁小可被带到一个大厅里，大厅中间隔着一道玻璃，犯人在里边，探监者在外边，里边乱哄哄的，外边应该也是乱哄哄的，但一点儿声音也听不见，透过玻璃，就像观看一群影子在外面挤来挤去。丁小可以为来看他的肯定是李志强，所以就忽略了女人，胡未雨站他面前好一会儿了，他也没看见，目光茫然地看着胡未雨后面的人群。胡未雨拿手拼命敲玻璃，才震动了他，丁小可意外地说，是你？丁小可听不见回答，只看见胡未雨在玻璃后面张着嘴巴。丁小可看了看左边，又看了看右边，才明白犯人和外面的人说话是要拿着对讲机的。隔得这么近，却要打电话，丁小可突然觉得很可笑。

你在里边还好吗？胡未雨的声音是抑郁的。

丁小可一点儿也不想让她知道他在里边不好。还好，他说，有人送饭给你吃，又不用干任何事情，有什么不好的，我差不多实现我的理想了。丁小可说着，就被自己说得潇洒起来。入狱以来，他就没有潇洒过，现在，胡未雨来了，他又有了表演潇洒的机会。潇洒的感觉是必须的。

胡未雨说，你还在故作潇洒？

丁小可说，不是故作，是真的。

胡未雨说，忍着点儿，你很快就会出来的，我知道你没有杀人。

丁小可说，可是他们认为我杀了。

胡未雨说，你没有，我知道，你不敢。

丁小可就不说了，盯着玻璃看外面的胡未雨。

胡未雨说，你怎么了？

丁小可说，我为什么不敢？

胡未雨说，就是不敢嘛，不敢有什么不好，难道敢杀人好？我跟你生活了那么长时间，我了解你。

丁小可说，你不了解。我敢，我为什么不敢？

胡未雨说，你怎么了？

丁小可说，告诉你，曾连厚就是我杀的。

胡未雨说，不可能，你根本不认识他。

丁小可说，认识他有什么难，我还知道他经常夜里在你们学校外面的河边散步，我上刀具店买了一把刀，杀猪用的那种尖刀，就像杀一头猪，我把他杀了。

忽然，左边和右边的犯人都停止了说话，诧异地看着丁小可，然后就流露出钦佩的表情。丁小可受到鼓励，还想继续说下去。玻璃外面的胡未雨恨不得拿石头堵了他的嘴，惊慌地说，别说了，你再这样胡说八道，你就完了。

丁小可轻松地说，完了就完了，完了好。

胡未雨说，我不跟你说了，我给你带了一本棋谱，你最喜欢的《藤泽秀行名局精选》，他们要检查，检查完了会交给你的，没事儿你就看棋谱吧。

胡未雨搁下话筒，却并不走，把脸贴在玻璃上，注视着里面的丁小可，那眼睛隔着玻璃，竟意外的深情。刚才，丁小可觉着报复了她，很有些快活，可是，她那个样子，虽然隔着冷漠的玻璃，却出乎意料地引起了一种生理反应，他的裆部有件东西竟勃起来了。丁小可即刻感到了厌烦，他回想了一下离婚前他们的生活，那事情是虚妄的，总是让人失望，是没意思

153

的。丁小可淡漠地说，再见。就回头走了。他忘了这样说胡未雨是听不见的。

第二日，看守把《藤泽秀行名局精选》交给了丁小可。丁小可虽然对下棋也已经厌倦，但看到书，眼睛还是一亮。他拿了书正当要看，冷不防头儿一把将书夺了，站丁小可面前很自得地先看起来。他不懂围棋，翻了翻，就皱起了眉头，他妈的，什么屁书，给老子擦屁股。丁小可说，把书还给我。头儿说，不还又怎样？丁小可坚定地说，把书还给我。头儿说，口气硬多了嘛，叫我爹，叫一句我撕一页给你。丁小可看准头儿的脸，就是一拳，头儿动也没动，冷笑了一声，说，龟儿子，你也想打老子。伸手一把掐牢丁小可的脖子，将他脑袋往墙上砰砰乱撞。丁小可先是觉着脖子断了，然后觉着脑袋碎成了数块，血从里面奔突而出，然后就什么也不知道了。

丁小可在监狱的医疗室里醒来，第一句话就是，我招了，我招了，曾连厚是我杀的。

狱医说，你脑袋被撞昏了，清醒清醒。

丁小可摸了摸脑袋，扎着绷带，他又想了一会儿，检查了一遍脑子，确定说，我是清醒的，能不能给我一杯水喝？

狱医倒了杯水给他，丁小可喝了一口，说，我招了，我想通了，曾连厚是我杀的。

狱医还是有点怀疑他的脑子被撞昏了，丁小可平静地看了他一眼，又重复了一遍，曾连厚确实是我杀的。丁小可说着，脑子里很快就浮现了他谋杀曾连厚的全过程。他在人民路一脚

154

踩瘪了易拉罐后，俯身捡了易拉罐扔进垃圾箱，就在扔易拉罐时，他看见了垃圾箱内躺着一把刀子，是那种杀猪用的尖刀，刀子的光芒立即刺亮了他的眼睛，丁小可不由自主地把它捡了起来，握在手中欣赏了一会儿。来往的行人见他手握刀子，都立即避开，绕道而行。他才觉着在大街上这样握着刀子是令人恐惧的、不妥的，丁小可拿手擦了擦刀子，把它藏在了衣服里层。

　　如果不是捡到一把刀子，这个晚上肯定还是那么无聊。身上带着刀子和不带刀子，感觉是完全不同的。现在，丁小可知道他要干什么了。他打的到了胡未雨的学校门口，在门口站了大约三分钟，没见到一个人，他突然想起曾连厚经常在校外的河边散步，就到了河边。果然有一个人在散步，而且就一个人，丁小可上前说，你叫曾连厚吧。曾连厚吃惊地说，我是。你是？丁小可说，我是胡未雨的丈夫。曾连厚尴尬地说，你？丁小可一点儿也不想跟他啰唆，干脆亮出了刀子。曾连厚说，你……丁小可说，丁小可应该是非常潇洒地笑着说，我要杀了你，要不就你杀了我，都行。如果你想杀我，我可以给你一次机会，给你刀子，我们俩就在晚上，必须有一个是死的。曾连厚不敢看丁小可，拔腿就跑。丁小可说，混蛋。追上去朝他后背就是一刀。第一刀是很有成就感的，刀子捅进去，曾连厚一声不吭就倒下了。丁小可拔出刀子，抖了抖沾在刀上的血，痛快地说，曾连厚，你死了吗？曾连厚哼了一声说，没。丁小可只好屈尊，蹲下又连捅他两刀。现在，你总该死了吧。丁小可

155

站起来拍了拍膝盖，一甩手把刀子扔进了河里。他长长地叹了一口气，觉得这一天的无聊终于结束了，这辈子的无聊终于结束了。

是的，就是这样。丁小可被带去审问之前想，我就是这样杀了曾连厚。

可能是狱医警告过他的脑子可能尚未清醒，警察特意先问了几个与本案无关的日常问题，以证明他的脑子是完全清醒的。丁小可叙述了怎样捡到刀子，怎样到了胡未雨的校门口，然后到了校外的河边，又怎样杀了曾连厚。他只叙述杀人过程，没有说出自己的感受，就像在报道一件杀人案。警察满意地说，跟我说的一样吧。丁小可说，是，跟你说的一模一样。警察就不无得意地看着女记录员记录。

丁小可发觉女记录员和警察看他的表情不同了。这是让他感到欣慰的，坐在审问室里也不那么难挨了。最后，警察甚至不无同情地说，作为个人，我同情你的遭遇，但你杀人是不行的。丁小可说，我知道，杀人是要被枪毙的。

丁小可回到监牢时的形象与离开时血淋淋的惨状就大为不同，他头上扎了绷带，脚上套了一副镣铐，更明显的变化是他的表情放松了，简直是有点自得。头儿倒是奇怪起来，说，给你戴脚铐干什么？

丁小可说，我招了。

头儿说，你招了什么？

丁小可说，我招了我杀人。

头儿说，你真的杀人？

丁小可说，不真杀人，我招什么？

呵呵，都是兄弟不对。头儿立即伸手来握，紧紧地握手，随后又抽回手，猛地给自己一个耳光，以示自责，说，都是兄弟的错，你是有种的，谁让你当王八，就杀了谁。丁小可呆呆望着，不知做何反应，头儿又送回《藤泽秀行名局精选》，说，还你书。

丁小可说，不用了，送你擦屁股吧，我再也不看这种破书了。

好，好。头儿又握住丁小可的手说，这牢里，就我们俩是杀人犯，你要被枪毙，我也要被枪毙。我来得比你早，杀的人比你多，也要比你毙得早，你不用怕，你被毙的那天，我在地狱里摆酒，为你接风洗尘。头儿说得兴起，又大声向囚犯们宣布，大家听着，我被毙了以后，丁小可就是这牢里的头儿，你们要听他的话。

丁小可在牢里的日子就好过多了。

胡未雨听说丁小可在牢里承认了他是杀人犯，又来探监。这回不在大厅，而是安排在一间小探监室里，两人可以毫无障碍地面谈。显然这是一项优遇，不知她使了什么招。胡未雨见他戴着手铐脚铐，半天说不出话，眼里全是陌生感，好像丁小可她是从来不认识的。

丁小可举着手铐说，怎么了？不认识了。

胡未雨说，是。

丁小可说，这玩意儿，警察是考虑你的安全，才戴上的，我在里边不戴这个。

胡未雨说，我本来想带丁丁一起来看你的，但是，我没勇气。

丁小可说，对。

胡未雨说，我不知道丁丁看见你这样，会有什么后果。

丁小可说，她没必要来看我。

胡未雨说，你想见丁丁吗？

丁小可说，不想。

胡未雨说，下次我还是带她一起来吧。

丁小可坚决地说，不。

胡未雨沉默了一会儿，激动地说，你为什么承认杀人？是他们逼供？

丁小可说，没有，他们没有逼供。

胡未雨说，那你为什么承认杀人？

丁小可说，我杀了人，不承认怎么着，躲得过去？

胡未雨说，我根本不相信你杀人。

丁小可说，你总是不信，你看不起我。

胡未雨说，我没有，我还是爱你的。

丁小可冷笑说，爱？别废话了，我本来是要杀你的，买把斧头，劈开你的脑子，在你的脑子里塞一把狗粪，然后让你去爱曾连厚。不过，我又想把曾连厚杀了算了。还有上次我说我上刀具店买了一把刀子，其实是不对的，那把刀子我是在垃圾箱里捡的，杀个曾连厚，垃圾箱里捡把刀子就够了。

胡未雨说，你可以侮辱我，但是，你没有杀人。

丁小可恼怒地说，你凭什么不相信，杀一个人有什么了不起。

胡未雨说，我问过李志强，曾连厚被杀那晚你们讨论过自杀。你是不是想自杀，又下不了手，就承认自己杀人，好让他们把你处死？

如果不戴手铐，我现在就杀了你。丁小可暴怒说，我为什么要自杀？杀人多好，杀人有人破案，有人起诉，有人审判，一大群人围着你转，多有成就感。然后还要枪毙，很多人赶来观看，我唯一要做的就是把腰挺直一些，死得像个人，以对得起观众。杀人多有意思，杀人就像演戏，我为什么要自杀？

胡未雨见他这样，只是流泪。

丁小可叹了气说，你走，以后别来了，等我被枪毙那天，你再来看我吧。

结局很有戏剧性，丁小可最后被无罪释放。多少有点偶然。事情是这样的，公安局抓住了一个在逃犯，该犯穷凶极恶，所到之处，见人就杀，总共杀了十六个人。该犯抓获归案后，对自己的罪行供认不讳，那天晚上，他路过河边，看见一个人在散步，而且就他一个人，顺手就连捅了他三刀。这样，

159

丁小可的供词就被推翻了。

丁小可被警察带到办公室，卸了脚铐。警察友好地拍了拍他的肩膀，说，丁小可，祝贺你，你被无罪释放了。

丁小可惊诧地说，我为什么被无罪释放？

警察说，我们抓住了真正的凶手，曾连厚不是你杀的。

丁小可说，曾连厚是我杀的。

警察说，你为什么要承认曾连厚是你杀的？

丁小可说，曾连厚确实是我杀的。

警察说，丁小可，公安局是个严肃的地方，不能开这种玩笑。

丁小可说，我没开玩笑。

丁小可确定是严肃的，警察匪夷所思地看着他，劝告说，请你珍惜生命，你不要拿自己的生命开玩笑，你已经很危险了，要不是我们及时拿住凶犯，你真要被枪毙的。

丁小可说，我没开任何玩笑，曾连厚就是我杀的，我愿意被枪毙。

警察说，好了，你在里边受了点苦，我们感到抱歉。

丁小可说，我不冤。

警察说，行了，你可以走了。

丁小可说，我不走。

警察从未见过这种人。丁小可赖着不走，后来是被强制送出公安局的。警察觉得他是被关出毛病来了。

丁小可本来是有目标的，那就是等死。现在，突然被释放了，就等于希望破灭了。他站在公安局门口，觉着自己是被死亡抛弃了，仅有的一点尊严也没了，他一边悲声恸哭，一边破口大骂，你们这些王八蛋，为什么就不相信我杀了曾连厚！

图书在版编目（CIP）数据

谁的身体／吴玄著. — 北京：中国文史出版社，
2020.2

（中国专业作家小说典藏文库·吴玄卷）

ISBN 978 - 7 - 5205 - 1468 - 2

Ⅰ. ①谁… Ⅱ. ①吴… Ⅲ. ①中篇小说 - 小说集 - 中
国 - 当代 Ⅳ. ①I247.7

中国版本图书馆 CIP 数据核字（2019）第 248131 号

责任编辑：马合省　　薛未未

出版发行：**中国文史出版社**

社　　址：北京市海淀区西八里庄 69 号院　邮编：100142

电　　话：010 - 81136606　81136602　81136603（发行部）

传　　真：010 - 81136655

印　　装：廊坊市海涛印刷有限公司

经　　销：全国新华书店

开　　本：720 × 1020　1/16

印　　张：10.75　　字数：111 千字

版　　次：2020 年 2 月第 1 版

印　　次：2020 年 2 月第 1 次印刷

定　　价：52.00 元